塩対応家政婦な私が、ご主人様の不埒な求愛で堕とされました

～冷徹ニュースキャスターは危険な愛したがり～

m a r m a l a d e b u n k o

西條六花

JN020744

マーマレード文庫

目次

塩対応家政婦な私が、ご主人様の不埒な求愛で堕とされました
~冷徹ニュースキャスターは危険な愛したがり~

塩対応家政婦な私が、ご主人様の不埒な求愛で堕とされました

～冷徹ニュースキャスターは危険な愛したがり～

プロローグ

彼はアナウンサーという職業柄、とても滑舌がいい。

それだけではなく、元々地声がいいため、耳元でささやかれるとゾクッとした。思わず首をすくめた依子《よりこ》に、彼——伊尾木《いおぎ》が笑う。

「感じやすいな。それに、耳も小さくて可愛《かわい》い」

「……っ」

おそらく彼は、自分の声の威力をわかっていてこういうことをしている。

そう思うのに拒めないのは、依子が伊尾木を好きだからだ。一度抱き合ってからはなおさら、彼への想《おも》いが加速度的に増している。

（最初は、この人とこんなふうになるなんて思わなかった。雲の上の人だと思ってたのに……）

そう思った瞬間、耳孔《じこう》に舌を入れられ、濡れた音に肌が粟立《あわだ》った。

頭の中に直接注ぎ込まれる音はじわじわと理性を溶かし、次第に呼吸が荒くなっていく。縋《すが》るように視線を上げた途端、待っていたように唇を塞《ふさ》がれ、依子はそれを受け止めた。

「ん……っ」

口づけながらソファに押し倒され、伊尾木の大きな手が胸元に触れる。

うっすら目を開けると彼の端整な顔が間近にあり、胸がきゅうっとした。高い鼻梁《びりょう》と怜悧《れいり》さを感じさせる眼差《まなざ》し、シャープな輪郭が形作る容貌は、世間で〝イケメンアナウンサー〟と持《も》て囃《はや》されているのも頷《うなず》ける。

だが爽やかで知的なイメージの奥にある〝本当の顔〟を知っているのは、自分だけだ。そう思うと目の前の伊尾木に対するいとおしさがこみ上げ、依子は彼の首に腕を回す。

そして吐息が触れる距離でささやいた。

「好きです、伊尾木さん。伊尾木さんは……？」

「俺も好きだ。たぶん君が思うより、ずっと惚《ほ》れてる」

伊尾木が首筋に唇を這《は》わせ、肌に触れるかすかな吐息と髪の感触に息を乱す。

気づけばブラウスの前ボタンがすべて外され、胸のふくらみがあらわになっていた。

そこにキスを落とし、肌に所有の証を刻みつけつつ太ももを撫《な》で上《あ》げられて、依子は落ち着かず足先を動かす。

期待と恥ずかしさがない交ぜになった気持ちがこみ上げ、たまらなくなった依子は思いきって伊尾木の顔を上げさせた。

そして自ら彼の唇を塞ぐと、先ほどより荒っぽく口腔《こうくう》を貪《むさぼ》られる。

「……っ、は……っ」

伊尾木の手で肌を暴かれ、全身を丁寧に愛される。

彼の眼差しには熱があり、どこか余裕のないその表情はこちらへの想いを示しているかのようで、じんと身体《からだ》の奥が熱くなった。

やがて充分に依子の身体を高めたところで、彼が中に挿入《はい》ってくる。

「んん……っ」

強い圧迫感と内臓がせり上がるような苦しさはあるものの、それを凌駕《りょうが》するほどの充足をおぼえ、依子は伊尾木の背に腕を回す。

すると彼がこちらの頭を抱え込み、いとおしそうに髪にキスをして言った。

「──動くぞ」

初めは緩やかに、徐々に激しくなる律動に揺さぶられ、依子は甘い声を上げる。

普段は一分の隙《すき》もなくきっちりスーツを着こなし、理知的な口調で番組を進行する伊尾木が、今は欲情もあらわに自分を見つめている。

それがうれしい反面、こうして肌を合わせていることが、心から不思議に思えた。

第一印象は最悪だったが、それから少しずつ二人の時間を重ね、今は心から好きになった。律動に揺らされ、こちらに屈み込んできた伊尾木のキスを受け止めながら、依子は自分たちの出会いを頭の片隅で思い出していた。

第一章

フラワーショップChouette《シュエット》は、東京都心にいくつかの支店があり、六本木《ろっぽんぎ》店はにぎやかな通りに面している。

ビルの一階にある店頭では、陳列された色とりどりの花が道行く人々の目を引きつけていた。対面での花の販売の他、イベントの装花などを請け負っていて、近くにあるテレビ局への配達も多い。

そこで働く掛井《かけい》依子は、午後八時の閉店後に退勤しようとしたところで店長の島村《しまむら》直美《なおみ》に呼び止められた。

「掛井さん、明日休みのところ悪いけど、展示会の装花のアシスタントに入れないかな。店舗のほうのスタッフの数がギリギリで」

イベントの装花は企業の展示会や祝賀会、記念パーティーなど幅広く、店舗のスタッフが随時島村のアシスタントに入っている。

依子は申し訳ない気持ちになりながら答えた。

「すみません。明日は朝から、家事代行サービスの仕事が入っていて」

「あー、そっか。掛井さん、そっちの仕事もあるんだもんね」

「はい」

依子がこの店でシフトに入っているのは週四日で、それ以外の日は家事代行サービスの仕事をしている。

花が好きで、できればこの仕事一本でやっていきたい気持ちがあるものの、忙しいわりに薄給だ。

できるだけお金を稼がなくてはならない事情がある依子は、一年ほど前からダブルワークをしていた。

「すみません、もう少し早く言っていただければ対応できたんですけど」

「ううん、気にしないで。明日はどうにかやりくりするから」

彼女に「お疲れさま」と笑顔で言われ、依子は退勤する。

暦《こよみ》の上ではもうすぐ九月になるが、連日厳しい暑さが続いていた。夜になってもなかなか気温が下がらず、蒸し暑い空気が全身を包み込んでいる。

職場から自宅がある小伝馬町《こでんまちょう》駅までは、地下鉄で約二十分の距離だった。アパートは築三十六年と古く、間取りも狭いものの、中はリフォームされていてそれなりに快適だ。

帰宅した依子は、作り置きの鶏肉の南蛮漬けやポテトサラダ、冷凍していた炊き込みご飯などで夕食を済ませ、スマートフォンで家事代行サービス会社〝クオド・アソシエイツ〟のホームページを開いた。

この会社は登録制で、スタッフ専用の会員ページから、場所や時間など自分の条件に合った仕事を選んでエントリーすることができる。

週に一回、一時間という短いものから、週五日で一日八時間という長時間勤務も選ぶことができ、客からの指名を受けると時給がアップするのも魅力的だ。

明日の午前は以前も訪れたことのある家で二時間、午後は新規の客先で、掃除と料理で四時間という仕事を担当することになっていた。午前と午後で二箇所訪れなければならないため、なかなかハードなスケジュールだ。

依子は新しくアップロードされた仕事依頼を吟味し、Ｃｈｏｕｅｔｔｅのシフトと睨《にら》めっこしつつ、今後の家事代行の仕事をいくつかエントリーした。

そして就寝し、翌日は朝八時に自宅を出て北池袋《きたいけぶくろ》にある一戸建ての住宅を訪れる。顔なじみのクライアントに挨拶して作業内容を確認したあと、リビングや水回り、玄関などの掃除をこなし、カフェでの昼休憩を挟んで西麻布《にしあざぶ》のタワーマンションに向かった。

最寄り駅は六本木駅で、依子が勤めているChouetteから徒歩圏内だ。

二十四階建ての建物は高級感があり、エントランス周りの植え込みが美しかった。スマートフォンの地図アプリを見ながら目的地にたどり着いた依子は、エントランスの前で立ち止まり、会社に電話をかけてこれから客先に入る旨を伝える。

そしてスタッフであることを示す茶色の制服をバッグから取り出し、カットソーの上から着込んだ。

自動ドアをくぐってオートロックの部屋番号を入力し、九階の部屋のインターホンを鳴らすと、男性の声で「はい」という応えがある。

「クオド・アソシエイツの、掛井と申します。家事代行サービスで伺いました」

『どうぞ』

電子音のあとに自動ドアが開き、エレベーターホールに向かいながら、依子は「初対面のときは、やっぱり緊張するな」と考えていた。

クライアントが男性の場合は、基本的に不在時の訪問が推奨されているものの、相手の都合によってその限りではない。

先ほどの声からすると、今回の客は三十代か四十代に思える。その年齢で都心のタワーマンションに住めるのだから、富裕層と言っていいだろう。

エレベーターを九階で降りた依子は、首から会社の写真入りＩＤカードを下げて、九〇三号室のインターフォンを押す。

しばらくして中からドアが開き、何気なく相手の顔を見た依子は、ぎょっとして息をのんだ。

「……っ」

家主である男性は黒いキャップを目深に被《かぶ》り、サングラスとマスクで顔を隠している。

異様なその姿に一瞬臆してしまった依子だったが、急いで名刺を取り出し、両手で差し出しながら挨拶した。

「初めまして、クオド・アソシエイツの掛井依子と申します。本日はよろしくお願いいたします」

「……どうぞ」

ボソリと言った彼が通してくれ、依子は「失礼いたします」と言って部屋に上がる。

十八畳のリビングダイニングは広々しているものの、ソファの上には洗ったものか汚れ物かわからない衣類が雑多に積み重なり、テーブルの上も食事の残骸やビールの空き缶などでいっぱいだった。

床には雑誌や新聞が堆《うずたか》く積み重なり、ところどころ崩れている山もある。元はスタイリッシュであろう部屋はとにかく物で溢《あふ》れ、足の踏み場がなかった。

（……これは、かなり大変そう）

頭の中で作業のスケジュールを考えながら、依子はファイルから取り出した書面を提示する。

「本日の作業は、リビングと寝室、キッチン、水回りのお掃除と、お洗濯、お料理の作り置きという内容でよろしかったでしょうか」

「……はい」

「お時間は、午後一時から五時までの四時間となります。確認事項がある場合は随時お声がけさせていただきますので、どうかご了承ください」

エプロンを着け、タイマーをセットした依子は、早速片づけを始める。

まずは室内に散らかった衣類やタオル、寝室や洗面所のリネンを集め、洗濯表示をチェックして分別し、洗濯機を回した。

食器やグラスなどを軽く水洗いしたあと、食器洗浄機に入れて稼働させ、クレンザーを使ってシンクを磨きながらじっと考える。

（あんなふうに顔を隠すなんて、もしかして芸能人なのかな。たとえそうだとしても、

守秘義務があるから口外したりしないのに）

今回のクライアントは〝伊尾木〟という名前だが、依子は普段からテレビを見ないため、いまいちピンとこない。

先ほど見た彼は顔の造作こそよくわからなかったものの、頭が小さくスラリとした体型をしていた。

男らしい肩幅の上半身はしなやかで、脚も長い。声はボソボソとして聞き取りづらかったが、素性を知られたくないためにあえてそういう話し方をしてるのかもしれない。

洗面所にあった洗剤を駆使して洗面台と浴室、トイレを磨き上げるうち、次第に額が汗ばんできた。水回りが終わったら窓をクリーナーで拭き、黒ずんでいた桟《さん》もきれいに掃除して、洗濯物を干す。

タオル類はふんわり仕上がるように乾燥機にかけ、それ以外はバルコニーの物干し台にハンガーで干していった。

（バルコニーの床も、黒ずんで汚れてる。次に来ることがあったら、ここもきれいにしたいな）

そんなことを考えつつ洗濯物を干し終えた依子は、弁当の残骸などをゴミ袋に集め、リビングと寝室の掃除に取りかかった。

フローリングシートでざっと床の埃《ほこり》を除去し、掃除機をかけたあと、固く絞った雑巾で丁寧に拭き上げていく。

伊尾木がときおりこちらの作業をじっと見つめているのがわかったが、依子は気づかないふりで黙々と仕事をこなした。

その後は台所に置かれている調味料や器具などをチェックし、近所のスーパーに向かう。

伊尾木の要望は〝おかずになるような家庭料理を、三日分作り置いてほしい〟というものだったため、バランスを考えながら頭の中で献立を組み立てた。

一人暮らしのために量は控えめに、豚バラ肉の塊や手羽先、数種類の野菜を買い込み、マンションに戻って料理を始める。

（最低限の調味料と圧力鍋があって、助かった。掃除で結構時間を取られたから、ここからはテキパキ作業を進めないと）

じゃがいもと蓮根、ごぼうは適宜《てきぎ》切り分け、水にさらす。

硬くて包丁が入りにくいかぼちゃは電子レンジで軽く加熱したあと、スライスした。

オクラは俎板《まないた》の上で板ずりして産毛を除去し、きのこ類は石づきを取って食べやすく解《ほぐ》す。

手羽先は先の部分の骨を切り落として肉の真ん中に包丁で切り込みを入れ、豚バラ肉の塊は大ぶりに切り分けて下茹《したゆ》でをした。

作業をしながらチラリと見ると、伊尾木はリビングのソファで何やら難しい専門書を読んだり、ノートパソコンで調べ物をしているようだった。

依子はフライパンで焼きつけた手羽先をじゃがいもと一緒に煮つつ、豚バラ肉を青ネギや生姜《しょうが》と一緒に圧力鍋にかける。

そして野菜を素揚げにし、めんつゆベースのたれに順次漬け込んでいった。三ツ口のIHコンロが空くたびに別の料理を作っていき、やがて一時間半ほどですべて出来上がって、彼に声をかける。

「すみません、料理ができましたので、確認していただいてよろしいでしょうか」

依子が作ったのは、ゆで卵と青菜を添えた豚の角煮、じゃがいもと手羽先の煮物、オクラやかぼちゃ、ズッキーニ、ミニトマトなどの夏野菜の揚げびたし、ごぼうと蓮根の胡麻《ごま》マヨネーズサラダ、きのこの生姜炒《しょうがいた》めなどの五品だった。

それを見た伊尾木が、驚いたようにつぶやく。

「……すごいな」

「どれも冷蔵庫で三、四日持ちますので、煮物はレンジで温めて召し上がってください」

台所は既に片づけ終わっていて、乾いた洗濯物をバルコニーから取り込んで畳んだあと、業務報告書を記入する。

そして買い出しにかかった経費のレシートを貼り、伊尾木から書類に直筆でサインをもらった依子は、玄関で頭を下げた。

「それでは、これで失礼いたします」

「……ご苦労さまでした」

それから一週間ほどは、何事もなく過ぎた。

依子は週に四日間フラワーショップの仕事に入り、入荷した花の水揚げをしたり、アレンジメントの作成の過程で出る葉や枝を箒《ほうき》で掃いたり、店頭で客の求めに応じて花束を作成したりといった店舗業務に従事する。

今でこそダブルワークのために出勤の日数を減らしているが、以前はフルで入っていた。そのため、花に携わる仕事は四年のキャリアがあり、花束を作るのもお手の物だ。

店頭には既に出来上がったアレンジメントを陳列しており、八月末の今は秋色のガーベラやケイトウ、マムなどが少しずつ入荷してきている。

バラの〝アップルティー〟を中心に、オレンジのガーベラと赤い実もののコニカルレッド、ユーカリを合わせると、ほんのり秋の雰囲気の花束が出来上がり、依子は微笑《ほほえ》んだ。

（うん、可愛い）

他のスタッフが作った花束もそれぞれのセンスが如実にわかり、店頭に並べるととても華やかだ。

午後一時、事務所で昼休憩に入った依子は、スマートフォンを開く。するとクオド・アソシエイツの運営からメールがきており、それを読んで目を瞠《みは》った。

（わたしを指名で、家事代行サービスの申し込みが入ってる？　しかも週二回、四時間の定期プランだって）

定期プランを指名で申し込んでもらえると、通常より時給がアップするシステムになっている。

それを月八回の定期的にとなると、単発をいくつも入れるより収入に格段の差があった。運営のメールによれば、そのクライアントは依子が一度訪問した際、掃除の手際のよさと料理の味に満足してくれたという。

名前は〝伊尾木〟となっており、依子はすぐにピンときた。

（このあいだの、顔を隠してた男の人だ。ボソボソ喋《しゃべ》ってたし、こっちとは極力会話したくないっていう雰囲気だったから、指名してくれるなんてちょっと意外）

だが定期申し込みは、とてもうれしい。

家事代行スタッフとしての手腕を認めてもらえたばかりか、時給もアップし、安定して仕事が入る。できるだけお金を稼ぎたいと考えている依子にとっては、拒む理由がなかった。

かくして日曜日の午後、依子は再び西麻布のタワーマンションを訪れた。インターホンを鳴らし、九〇三号室に向かうと、前回と同様に黒いキャップとサングラス、マスク姿の伊尾木が出てくる。

依子は彼に向かって挨拶した。

「クオド・アソシエイツの、掛井です。このたびは定期プランにお申し込みいただき、ありがとうございます」

伊尾木が「どうぞ」と言い、中に上がらせてもらう。

すると前回より幾分ましではあるものの、リビングはわずか一週間で雑多な雰囲気になっていた。彼がこちらを振り返って言う。

「お願いしたいのは、この前と同じく掃除と料理だ。週に二回、日曜日と水曜日を希望、不在時に上がって作業してほしいんだが、どうだろう」

「はい。大丈夫です」

伊尾木がこんなに長く話したのは初めてだが、口調は不愛想でどこか尊大だ。

だが言葉の歯切れがよく、とても聞きやすい。

（……まあ、いろんな人がいるよね）

普段あちこちの家を訪れる依子だが、クライアントはこんなふうに愛想のない人も多いため、いちいち気にしない。

彼がマンションのカードキーを渡してくれ、依子は鍵を預かる旨の内容が書かれた書類にサインしてもらった。

そしてエプロンを取り出し、早速仕事に取りかかろうとすると、ふいに彼が「あの」と言った。

「はい？」

「このあいだ作ってくれた料理、すごく美味《うま》かった。……またよろしく頼む」

相変わらずボソボソとして愛想のない喋り方であるものの、仕事を褒めてもらえた依子はうれしくなる。

思わず笑みを浮かべ、伊尾木に向かって言った。

「――ありがとうございます」

＊　＊　＊

はにかんだように笑った掛井が、早速掃除に取りかかる。思いのほか可愛らしいその顔に、伊尾木慶一《けいいち》は驚いていた。

（わりと淡々とした感じかと思ってたけど、笑うと可愛いんだな。……ちょっと意外だ）

彼女を呼んだのは、これで二度目だ。

四月から始まった新しい仕事が多忙で家事が追いつかず、日常生活に支障をきたし始めた伊尾木は、先週インターネットで調べた家事代行サービスに申し込んだ。

サイトによると作業内容によって時間と料金が変わり、家の中の掃除や整理整頓、料理の作り置きをしてくれるらしく、「一体どんな感じだろう」というお試しの気持ちだった。

正直なところ、自宅には他人を入れたくない。普段人に見られる仕事をしており、顔を晒《さら》して歩けば「伊尾木さんですよね」「いつも見てます」と声をかけられてしまう生活は、ストレスが多かった。

イメージを損なわないために常に折り目正しく振る舞わなければならない中、自宅は唯一〝素〟でいられる空間だ。

おそらく申し込みをした時点でこちらの素性はばれているだろうが、伊尾木はあえて顔を隠すことで「話しかけるな」という意思表示をしたつもりだった。

その甲斐《かい》あってか、前回訪れた掛井はまったく無駄口を叩《たた》かず、チラチラと視線を向けてくることもなかったため、ストレスは少なかった。

おまけに短時間で家中の掃除をし、衣類やリネンなどを洗濯する様も手際がよく、内心舌を巻いた。

極めつきが、料理だ。台所でどんな調味料や器具があるかを確かめたあと、外に買い物に出掛けた彼女は、肉や野菜などを購入してすぐに戻ってきた。

それから一時間半ほどで作り上げた五品の料理は、見た目も味も素晴らしかった。

（あれだけの品数を作ったのに材料費はかなり抑えられてたし、味つけもすごく好み

だった。今までは出来合いやデリバリーばかりだったけど、あの味が家で食べられるのは悪くない）

料理は三日ほどで食べ尽くしてしまい、食生活は以前に逆戻りして、ひどく味気なく感じた。

考えた末、伊尾木はクオド・アソシエイツに連絡を取り、週二回の定期プランを申し込んだ。その際に「前回来てくれた掛井さんに、担当をお願いしたい」という旨を伝えたところ、快くＯＫしてもらえた。

仕事から帰ってきて汚い部屋の中でコンビニ弁当を食べるこれまでの生活を改善できるなら、出費はまったく惜しくない。

かくして一週間ぶりに現れた掛井は、前回と同様に淡々としていた。極めて事務的に「このたびは定期プランにお申し込みいただき、ありがとうございます」と言った彼女だったが、伊尾木が料理の感想を述べたときだけはうれしそうに微笑んだ。

初めて見たその表情はとても可愛らしく、伊尾木の中で強く印象に残った。

（事務的な対応をするから、何となくクールな性格なのかと思ってたけど、やっぱり仕事を褒められるとうれしいものなのかな）

それから二十日余りが経《た》つ今、週に二回家事代行サービスを受けるようになった伊尾木の生活は、極めて快適だった。

これまでは替えの下着と靴下がなくなり、夜に慌てて洗濯機を回したりしていたが、今はきれいに洗濯されたものが畳んで引き出しに入っている。出しに行くのが毎回手間だったスーツとワイシャツのクリーニングも、掛井が引き取りまでやってくれ、クローゼットにはいつもパリッとした状態のものが何枚も置かれるようになった。

水回りはどこもきれいで、曇りのない窓ガラスは見ていて気持ちいい。そして冷蔵庫を開ければ料理が詰められた保存容器が所狭しと並び、食事の時間が楽しみになった。

(こんなに快適になるなら、もっと早く頼めばよかったな。それとも、掛井さんが担当だからっていうこともあるのか)

掃除はともかく、料理は作る人によって味に差があるはずだ。味覚が合う人に担当になってもらえたのは、おそらくとてもラッキーなのだろう。

そんなことを考えていた九月の中旬、午前十一時に出勤した伊尾木は、来週自身が行う予定のインタビューのレジュメが入ったUSBメモリを、自宅に忘れたことに気づいた。

幸い職場から自宅マンションまでは、歩いて十分ほどの距離だ。夕方のニュース番組に出演する伊尾木はいつも十一時に出社し、十二時半に休憩に入って社内食堂で昼食を取ったあと、午後一時半から本格的に働き始める。

昼食後、一時に自宅に戻った伊尾木は、オートロックを解除して九階に上がった。そしてカードキーで解錠して玄関に入ったところで、ふと三和土《たたき》に女物の靴があるのに気づく。

（……これは）

まじまじと靴を見つめた伊尾木は、ふいに今日が水曜日で、掛井が家事代行サービスで来る日だということに思い至った。

そのときリビングのドアが開き、エプロン姿の彼女が姿を現す。そしてこちらを見つめ、戸惑ったように言った。

「すみません、どちらさまでしょうか。わたしはこのお宅の家事代行に来ている者なのですが」

正面から目が合ってしまい、伊尾木は内心「しまった」と考える。

これまで在宅していたときはキャップとサングラス、マスクで顔を隠していたが、今はまったくの無防備だ。

契約書の名前で自分の素性はとっくにばれていると思っていたが、目の前の掛井は訝《いぶか》しげな表情をしている。まるでこちらのことを知らないと言わんばかりのその反応は予想外のもので、伊尾木は釈然としないまま答えた。

「……伊尾木だ」

「えっ」

「俺がここの家主の、伊尾木なんだが」

するとと彼女は目を見開き、慌てた様子で言った。

「そ、そうでしたか。普段お顔を隠してらっしゃるので、気がつかなくて。本当に申し訳ありません」

その様子にますます釈然としない気持ちがこみ上げ、伊尾木は思わず質問する。

「もしかして、俺の顔を知らないのか？」

すると掛井がきょとんとし、困ったような表情を浮かべて答えた。

「あの……申し訳ありません。伊尾木さまはいつもお顔を隠していらっしゃいますので、すぐに気づくことができませんでした。それにわたしは普段まったくテレビを見ないため、芸能人などに詳しくないのですが、もしかしてものすごく有名な方なんでしょうか」

その言葉を聞いた伊尾木は、自分の中で羞恥《しゅうち》の感情がこみ上げるのを感じる。

(何だそれ。その言い方だと、まるで俺が自意識過剰みたいだろ)

こんな感情を抱くのは、初めてだ。少々気分を害しながら、伊尾木は引《ひ》き攣《つ》った顔でつぶやく。

「何気に失礼だな。並みの大人なら、俺を知らない人のほうが少ないと思うが」

皮肉っぽい言葉を聞いた掛井が、口をつぐむ。

彼女はすぐに表情を取り繕い、わざとらしいほどにニッコリ笑いながら言った。

「申し訳ありません、〝並みの大人〟ではなくて。毎日仕事に追われているので、普段家ではテレビをほとんど点《つ》けないんです。よろしければ、どのような職業なのか教えていただいてもよろしいでしょうか」

「テレビ局アナウンサーだ。TTBテレビの、〝news Trust《ニュース トラスト》〟という番組のメインキャスターをしてる」

それを聞いた彼女が、驚いたように目を瞠る。

その反応からは、掛井が本当に自分のことを知らなかったことが伝わってきて、伊尾木は何ともいえない気持ちになった。

伊尾木慶一といえば、巷では〝イケメンアナウンサー〟として持て囃され、好きなアナウンサーランキングでは昨年一位になったほどの有名人だ。

道を歩けば女性ファンからチラチラ見られたり、声をかけられることが多く、正直言って辟易《へきえき》している。家事代行サービスが来る際に顔を隠したのは、「せめて自宅でだけは、そういう視線から解放されたい」という意思の表れだ。

おそらく名前でばれているだろうが、知らぬふりをしてほしい——そんな思いから毎回顔を隠し続けていたものの、実際は掛井がまったく自分を知らず、複雑な気持ちになる。すると彼女が、駄目押しのようにつぶやいた。

「すみません、ご職業をお伺いしてもやっぱりわかりません。ですが過剰なまでにお顔を隠されていたのですから、ご自身がテレビ局アナウンサーであることはわたしに気づかれたくなかったわけですよね」

「まあ、そうだが」

「でしたら好都合では？　わたしはいまだにピンときておりませんし、伊尾木さまに対して浮ついた気持ちは抱いておりません。そもそも守秘義務がありますので、たとえクライアントが芸能人であったとしても、個人情報に関しては一切他言しないと断言できます」

掛井の表情には、仕事に対する責任感とプライドが如実ににじんでおり、伊尾木は自分が彼女に対して失礼な発言をしたことに気づく。

玄関の三和土で居住まいを正した伊尾木は、掛井に対して謝罪した。

「確かに君の言うとおりだ。勝手に邪推して過剰な反応をしてしまい、申し訳なかった」

こちらが謝るとは思っていなかったのか、彼女がかすかに眉をあげる。そしてわずかに狼狽《ろうばい》し、「あの」と口ごもりながら言った。

「こちらこそ……出過ぎた口をきいてしまい、申し訳ありませんでした。あの、伊尾木さまはもうお仕事を終えて帰宅されたのですか？　もし必要なら、昼食をご用意いたしますが」

「ああ、いや。仕事で使う物を忘れて、取りに戻ってきただけなんだ」

帰宅の理由を思い出した伊尾木は、三和土で靴を脱いでリビングに向かう。

そしてテーブルの上に置かれたノートパソコンからＵＳＢメモリを取り出し、ビジネスバッグに入れた。

玄関で再び靴を履き、見送りに出てきた掛井を見つめ、彼女に告げる。

「いつも家の中をきれいにしてくれて、助かってる。俺は局に戻るから」

「はい。いってらっしゃいませ」

第二章

仕事が休みの木曜日、空は澄み渡り、秋晴れの様相を呈している。

まだ残暑が厳しく、日中は二十八、九度くらいまで上がるものの、朝晩は幾分過ごしやすくなってきていた。

週に一度の休みの日は、朝から溜《た》まった家事の消化や料理の作り置き、日用品の買い出しなどをするため、それなりに忙しい。

朝七時に起床して顔を洗った依子は、タオルで顔を拭きながらひどく落ち込んでいた。

（わたしの馬鹿。クライアントに対して、あんな口をきいちゃうなんて）

水曜日である昨日は伊尾木宅の家事代行で、午後一時の十分前にマンションを訪れた。

平日の彼が仕事で不在なのは、いつものことだ。家主がいないからといって手を抜くことはないが、人の気配がないと幾分気楽に仕事ができる。

エプロンを着け、早速仕事を始めようとしたところで玄関で物音がし、依子はドキりとして動きを止めた。

（えっ、誰だろう。オートロックだから、鍵を持ってない人は入ってこれないはずだけど）

玄関に行ってみるとそこにはスーツ姿の男性がいて、依子の顔を見て一瞬「しまった」という顔をした。

彼はこの部屋の家主である伊尾木慶一で、初めて彼の素顔を目の当たりにした依子は、その顔立ちの端整さに驚いた。

（でも……）

伊尾木はＴＴＢテレビのアナウンサーだというが、普段テレビを見ない依子は、名前を言われてもまったくわからない。

しかも彼はそうした職業の人間だとは思えないほど愛想がなく、口調もつっけんどんだ。こちらの反応を見た伊尾木は気分を害した顔をし、「何気に失礼だな。並みの大人なら、俺を知らない人のほうが少ないと思うが」とつぶやいて、それを聞いた依子はカチンときた。

（何それ。自分のことを、誰もが知ってる有名人だとでも思ってるの？）

依子は現在ダブルワークをしており、休みは週に一日しかない。

家に帰るとへとへとになりながら洗濯機を回し、食事のあとは入浴して、すぐに就寝する日々だ。

そんな中、夕方のニュースを目にする機会はなく、まるで〝自分を知ってるのが当然〟という言い方をされると反発心が湧く。

気がつけば依子は、慇懃無礼《いんぎんぶれい》な口調で伊尾木に言い返してしまっていた。最終的に彼は「確かに君の言うとおりだ。申し訳なかった」と謝罪してくれ、部屋を出ていくときに普段の働きぶりをねぎらってくれたものの、一晩経った今、依子は猛烈な自己嫌悪に苛《さいな》まれている。

(クライアントに言い返すなんて、絶対にしちゃいけないことだ。それなのにわたし、感情的になってあんなことを)

もしかすると、彼はあの場を収めるために大人の対応をしてくれただけで、実際はこちらに腹を立てているかもしれない。

せっかく自分の仕事ぶりを気に入って定期プランを申し込んでくれた伊尾木に、悪いことをしてしまった。このまま契約を解除されても仕方がないと考え、依子は鬱々《うつうつ》とした気持ちを押し殺す。

(もしそうなっても、仕方ないよね。それにしても……)

あれから伊尾木慶一について調べてみると、かなりハイスペックな人物だとわかった。

父親は伊尾木製薬という大きな会社を経営していて、彼はいわゆる〝御曹司〟だ。

難関大学を卒業したあとにＴＴＢテレビに入社し、一八二センチの高身長と端整な顔立ちで、瞬く間に人気アナウンサーになったらしい。

現在は夕方五時からの〝news Trust〟という番組でメインキャスターをしており、落ち着いた物腰と知性がにじむトークで人気を博しているようだ。

つまり依子が知らなかっただけで、伊尾木は充分すぎるほど有名人だったことになる。

（そんな彼に失礼な発言をしたんだから、クレームで契約を切られても当たり前だよね。もしかすると、クオド・アソシエイツ内でのわたしの評価も下がってしまうかもしれない）

だとしても、仕方ない。自分の身から出た錆《さび》だ。

それから依子は、ずっと「いつ会社からメールがくるのだろう」とビクビクして過ごしていた。しかし数日経っても何も連絡がこず、そのまま日曜になってしまう。

何も連絡がないのなら、伊尾木との契約は続いているということだ。依子は午前中に他のクライアントの元で仕事をしたあと、午後から西麻布のマンションに向かう。

平日の伊尾木は不在だが、日曜は在宅していることもあり、その確率は半々だ。そのため依子はカードキーで勝手に中には入らず、玄関前で一度インターホンを押した。

するとドアが開き、中から彼が姿を現す。

「ご苦労さん。どうぞ」

「お、お邪魔いたします……」

中に入りながら、依子は驚きを押し殺す。

（伊尾木さん、今日は顔を隠してない……）

今日の伊尾木は以前被っていた黒いキャップやサングラス、マスクがなく、素顔のままだ。

だが直接会えたのなら、謝罪するいい機会だった。リビングに足を踏み入れた依子は、深呼吸して彼に呼びかける。

「あの、伊尾木さま」

「ん？」

「先日は失礼な物言いをしてしまい、大変申し訳ございませんでした。心から反省しております」

深く頭を下げ、依子は丁寧に謝罪する。

するとこちらを見つめた伊尾木が、あっさり言った。

「いや、謝罪には及ばない。別に掛井さんはおかしなことは言ってなかったし」

「でも……」

「家事代行サービスに申し込んだ時点で、俺は『どうせ名前でこちらの素性はばれてるに違いない。でもジロジロ見られるのは嫌だし、話しかけられたくないから、顔を隠しておこう』と考えていたんだ。でも、君が本当に俺のことを知らないんだとわかって、何だか拍子抜けした」

依子は焦りながら弁解する。

「それはわたしが無知だっただけで、伊尾木さまは充分有名なアナウンサーだと思います。知識不足をさらけ出す形になってしまい、ご不快な思いをさせてしまったこと、心よりお詫《わ》びいたします」

「いや。要は俺が自意識過剰で、こっちをまるで知らない掛井さんの前で顔を隠していたのが滑稽《こっけい》だったってだけだ。だが一方で、そういう君が新鮮だとも感じた。それで思ったんだ、掛井さんの前では素の顔を見せてもいいんじゃないかって」

依子は驚き、「えっ？」とつぶやきながら顔を上げる。

すると伊尾木が、その言葉の真意を説明した。

「俺はＴＴＢテレビに入社して九年経つが、四月に〝news Trust〟のメインキャスターになってから知名度が上がったみたいで、道を歩いてると声をかけられることが多くなった。いつも人に見られてる気がしてじわじわとストレスが溜まり、家でまで話しかけられたくなくて君の前では顔を出さないようにしていたんだが、一度見られたならもう隠す必要はないだろう？　そもそも俺に興味がないんだから、ミーハーな目で見てこないだろうし」

「それは……そうですけど」

「だから掛井さんには、今後もうちの家事代行を続行してほしい。俺は君の家事能力を、高く買ってるから」

伊尾木が変装をやめた理由がわかり、依子は複雑な気持ちになる。

キー局のアナウンサーで夕方の報道番組のメインキャスターともなれば、きっとこちらの想像もつかないような気苦労があるのだろう。

家事代行を頼んだからとはいえ、自宅で変装をしなければならないことは、かなりのストレスだったに違いない。そんな恰好《かっこう》をしなくて済むのなら、そっちのほうがいいに決まっている。

（それに……）

先日のこちらの態度を咎《とが》めず、今後も定期プランを続行してくれるなら、願ったりだ。依子は改めて彼に頭を下げて言った。

「伊尾木さまの申し出を、とてもありがたく思います。わたしでよければ、今後もお仕事を続けさせてください」

「よかった。よろしく頼む」

リビングの片づけを始めながら、依子は首が繋《つな》がったことにホッとする。

もし伊尾木が怒って契約を解除した場合、クオド・アソシエイツ内で依子への評価が下がるのは避けられなかったはずだ。彼の厚意でそうした事態を回避できたのは、とても幸運なことだった。

家の中の洗濯物を回収しつつ、依子はソファにいる伊尾木をそっと窺《うかが》う。サングラスやマスクで顔を隠していない彼は、とても端整な顔立ちだ。

怜悧さを感じる目元やすっと通った鼻筋、薄い唇が絶妙な配置で並び、シャープな印象の輪郭がそれを引き立てている。

癖のない黒髪は清潔感のある長さで、わずかに目元に掛かっていた。体型は細身だがひ弱な印象はまったくなく、手足が長く均整が取れている。

（こうやって見ると、俳優みたいに顔立ちが整ってるし、イケメンアナウンサーとして人気だっていうのも頷ける。あんなふうに顔を隠してたのはびっくりしたけど）

夕方のニュース番組のメインキャスターとなったことで知名度が上がり、外を歩いているときに声をかけられる状況が苦痛だという心情は、一般人ながら充分理解できた。

おそらく伊尾木のくつろげる場所は自宅のみで、そこでまで好奇の視線を向けられるのは耐えられなかったのだろう。

「君はそもそも俺に興味がないから、ミーハーな目で見てこないだろうし」という彼の言葉を思い出し、依子は気を引き締めた。

（このあいだの失礼な態度を不問にしてくれて、しかもわたしを信頼して顔を出してくれてるんだから、それに応えなきゃ。いつも以上に丁寧な仕事を心がけよう）

週に二回というサイクルは掃除するのにちょうどよく、どこも激しく汚れているわけではない。

依子はその分細かいところまで範囲を広げ、クローゼットや棚の整理を段階的に進めていた。

料理は毎回五品程度を作り、今までなかった調味料も少しずつ揃《そろ》えている。今回は目先を変えて、錦糸卵と千切りいんげん、蒸《む》し海老《えび》が載ったいなり寿司と、手羽先の塩焼き、さつまいもと牛肉の甘辛炒め、野菜たっぷりのマカロニサラダ、きゅうりとささみの胡麻酢和えを作ると、出来上がりを見た伊尾木が目を輝かせた。

「すごいな。今日も美味そうだ」

「お気に召していただけましたか？」

「ああ。毎回、君が作る料理が楽しみで仕方ない」

さらりとそんなことを言われ、依子はじんわりと面映ゆさを噛《か》みしめる。

（……うれしい）

どちらかといえば不愛想で口調もつっけんどんなのに、こうして直接感想を言ってもらえると、仕事の疲れも吹き飛んでしまう。彼がこちらを見つめて問いかけてきた。

「俺は今、家事代行を週二回頼んでいるけど、それを週三に増やすことはできるのか？」

「はい。運営のほうに申し出ていただければ対応は可能ですが、その場合はわたし以外の人が来ることになると思います」

「どうして」

「わたしは他に仕事をしていて、そちらのほうを削りたくないんです。ですから家事代行は、週に二回が限度で」

するとと伊尾木が意外そうに眉を上げて言った。

「ダブルワークをしているのか。それだと体力的に大変だろう」

「事情があって、お金を稼がなくてはならないので。もうひとつの仕事はフラワーショップなのですが、そちらは忙しいわりに賃金があまり高くないんです。ですから週四日に抑えて、二日を時間の融通が利く家事代行に」

「……そうだったのか。君以外の人間が来るのは嫌だから、現行の週二回でいい。今の話は忘れてくれ」

思いがけずこちら側の事情を明かしてしまい、依子は内心「話しすぎたかな」と考える。

ちょうど業務時間の終了五分前を告げるタイマーが鳴り、それを止めて書類を差し出した。

「すみません、前回と今回の分、こちらにサインをお願いいたします」

「ああ」

十月に入っても夏を思わせる気温が続いていたが、十日近く経つと二十二、三度に落ち着き、ぐっと過ごしやすくなった。

夜は上着がないと肌寒く感じ、少しずつ季節の移り変わりを如実に感じる。そんな中、依子は相変わらずフラワーショップと家事代行のダブルワークを続けていた。

日曜日の午後、食料品が入ったエコバッグを提《さ》げた依子は伊尾木の自宅を訪れ、カードキーで建物の中に入る。

以前は彼が在宅している日曜はその都度インターホンを押していたが、「面倒だから、そのまま入ってきていい」と言われ、黙って入るようになっていた。

リビングのドアを開けると、パソコンに向かっていた伊尾木が顔を上げる。依子は彼に向かって言った。

「お邪魔いたします」

「ああ」

薄手のVネックのニットを着た伊尾木は、相変わらず端整な顔をしている。

タイマーをかけ、いつもどおりに作業を始めようとした依子に、彼が話しかけてきた。

「外の気温、どうだった？」

「少し風がありましたけど、過ごしやすい温度だと思います」

「今日の昼飯は、デリバリーでタコライスを頼んだんだ。不味《まず》くはなかったけど、掛井さんの料理のほうが美味いな」

「……ありがとうございます」

依子は淡々と言葉を返し、洗濯機を回してリビングの掃除を始める。

伊尾木のマンションを初めて訪れたのは八月の末で、それからもう一ヵ月余りが経過していた。最初こそキャップとサングラス、マスクで顔を隠していた彼だったが、素性を知っても反応が薄かった依子に対し、警戒心を解いたらしい。

顔を隠すのをやめた伊尾木は、こちらの仕事中にいろいろと話しかけてくるようになった。その内容はごく他愛《たわい》のない世間話ではあるものの、クオド・アソシエイツの就業規則では、仕事中の必要以外の会話は避けるように定められている。

そのため、極めて事務的に返事をするようにしているが、彼はまったく頓着《とんちゃく》していない。依子は淡々と告げた。

「わたしは仕事をしますので、伊尾木さまはどうぞご自分のことをなさってください」

「仕事に関係のあるインプットをしているけど、掛井さんと話す時間はある。一応、今日は休みだし」

「わたしは仕事中ですので、どうかお構いなく」

「君くらいになると、俺と話しながらでも手は動かせると思うが」

褒めているのか嫌みなのかわからない言い方をされ、フローリングワイパーで床の埃を集めていた依子は、柄の部分を強く握る。

（……今日こそは、ちゃんと言わなきゃ）

これまで我慢してきたが、いい加減限界だ。

ワイパーを動かす手を止めた依子は、伊尾木を見つめる。そして深呼吸し、精一杯毅然《きぜん》とした態度で言った。

「就業中の私語は、社内規則で禁じられています。ですから必要なとき以外は話しかけないよう、お願いいたします」

「それは難しいな。俺にとっては、必要な会話だから」

あっさり言われ、依子はぐっと言葉に詰まる。彼がチラリと笑って言った。

「君も知ってのとおり、俺はプライベートを大事にしたいタイプだ。自分で家事をするのが追いつかないから代行を頼んだが、本当は自宅に人を入れたくない」

「……存じ上げております」

「でも掛井さんには週に二回仕事をお願いし、鍵も預けてる。これが意味することがわかるか」

問いかけられ、依子は小さく答える。

「……信頼、してくださっているからでしょうか」

「ご名答。いくら家事代行サービスのスタッフとはいえ、個人的に合わない人はプライベートに入ってきてほしくない。つまり何が言いたいかというと、俺たちはより強固な信頼関係を構築するため、コミュニケーションを取るべきだと思うんだ。そのもっとも手っ取り早い手段は、〝会話〟だ」

何となく一理ある気がするものの、素直には頷けず、依子は歯切れ悪く告げる。

「でも──クライアントと無駄話をしてはいけないのは、規則で決まっていることなんです。ですから」

「俺は君に指名料を払い、定期プランを申し込んでいる。それでも？」

そこを突かれると弱く、依子は押し黙る。するとそれを見た伊尾木が、噴き出して言った。

「そんな深刻に考えなくてもいい。別に客先での会話が、逐一録音されているわけではないんだろう？」

「……はい」

「だったら作業をしながらでいいから、俺の話し相手になってくれないか？　実は外では相当な猫を被ってて、素で話すことがないんだ」

その発言に驚いた依子は、眉を上げて問い返す。

「伊尾木さまが、ですか？　華やかなお仕事をされてますし、仲良くされているお知り合いもたくさんいらっしゃるのでは」

「確かに知り合いは多いし、同じ部署にも同性のアナウンサーが数人いるが、本音で話すことはない。表面上はどうあれ、内心はバチバチに対抗意識を燃やしてるからな。俺が夕方の番組のメインキャスターになったから、なおさら」

そういうものだろうか。

華やかな仕事だが、人間関係では軋轢《あつれき》があるのだと聞き、依子は彼が気の毒になる。それと同時に、雲の上の人種だと思っていた伊尾木に、わずかながら親近感をおぼえた。

（確かに伊尾木さんの言うとおり、この人はわたしの仕事を気に入って指名してくれている。カードキーを預けるくらいに信用されてるし、しかも定期プランに加入したことで、時給アップで助かってる）

そんな彼に「話し相手になってほしい」と言われたら、無下にもできない。

依子はしばしの逡巡《しゅんじゅん》の末、顔を上げて答えた。

「では——少しだけ。作業に差し支えない範囲で、お話し相手にならせていただきます」

「本当か?」

「はい。でも規則違反なのは確かですし、本当に少しだけですから」

「ああ。ありがとう」

伊尾木がうれしそうに笑い、その笑顔を目の当たりにした依子は、図らずもドキリとする。

これまで淡々とした態度だっただけに、初めて向けられた笑顔は印象深かった。動揺を誤魔化すように視線をそらした依子は、手にしていたフローリングワイパーの柄を強く握る。そして踵《きびす》を返し、床掃除を始めながら言った。

「とりあえず先にお掃除をしますから、洗ってほしいものやクリーニングのものがあったら出しておいてください」

「わかった」

＊　＊　＊

民放キー局で夕方のニュース番組を担当する伊尾木の朝は、他の社員と比べて遅い。午前十一時に局に出勤し、真っ先にすることは、今日の放送スケジュールに変更がないかどうかのチェックだ。

その後は社食で昼食を取り、午後一時からディレクターやカメラマンも含めた番組スタッフが集まって、放送前の打ち合わせを行う。それが終了すると、午後三時のリハーサルまで少し時間が空くため、デスクで原稿を読み込んだり事務仕事をしていた。

今日のゲストの経歴を頭に叩き込みながら、伊尾木はふと昨日のことを思い出して微笑む。

(掛井さんが、「話し相手になってほしい」っていう要望をのんでくれてよかった。これから楽しくなりそうだ)

掛井依子が伊尾木の自宅に家事代行で来るようになって、もう一ヵ月余りが経つ。

伊尾木から見た彼女の第一印象は、「真面目そうだな」というものだった。二十代半ばの掛井は細身の体型で、癖のないダークブラウンの長い髪を後ろでまとめ、とても礼儀正しい。

顔立ちは整っているが化粧が薄く、今どきの女性らしい華やぎは皆無だった。しかし浮ついたところのない容姿は逆に好感度が高く、無駄口を一切叩かないところもポイントが高い。

おまけに仕事が丁寧で、家の中を心地よく整えてくれ、料理の腕も申し分なかった。

初めは「気に食わなかったら、すぐに解約しよう」と考えていた伊尾木にとって、彼女がスタッフとしてやって来てくれたことはうれしい誤算だった。

だからだろうか。一度顔を見られてからは取り繕うのが馬鹿らしくなり、伊尾木は掛井に素の自分を見せるようになっていた。

普段外に出ているときは、とにかく他人に反感を抱かれない態度を徹底していて、周囲から〝礼儀正しく謙虚な、イケメンアナウンサー〟と思われることに成功している。

テレビ局に入社して九年も経てば、いつもにこやかな顔をしている人間が裏でさんざん人の悪口を言うのが珍しくない業界なのは、よくわかっていた。油断すればすぐに足を引っ張られ、出し抜かれるのが珍しくない中で、本音で話せる人間は誰もいなくなっている。

そんな中、家事代行スタッフの掛井に話しかけるのは、伊尾木のささやかな楽しみになっていた。

（何しろ俺にあんな熱のない対応をするのは、彼女くらいだもんな。ある意味貴重だ）

自分の見た目に釣られた女性たちからミーハーな視線を向けられたり、ときにあからさまなアプローチをされることに、伊尾木はすっかり辟易していた。

誰も自分の本質など見ていないし、見せたくもない。だがこちらに興味がない掛井の淡々とした態度は、いっそ清々《すがすが》しくさえ感じる。

気がつけば家の中を動き回って作業をしている彼女を目で追い、それに気づいた掛井が居心地の悪そうな表情をするのを見て、微笑ましくなっていた。

（何だかな。別にMっ気はないはずだけど、話しかけてちょっと嫌そうな顔をされるのが楽しいなんて、新しい自分を知った気分だ）

彼女が極力、感情を表に出さないように努めているからだろうか。

おそらくそれは、〝他人のプライベートな空間に入る〟という仕事の性質上、客の邪魔にならないための配慮なのだろう。

そんなプロ意識のある掛井が、初めて料理の腕を褒めたときにうれしそうな顔をしたのが印象的で、伊尾木は「もう一度あの顔が見たい」と考えていた。

（雑談をする了承を得ることができたから、そのうちそういう機会があるかな。とはいえ、次に顔を合わせるのは日曜日か）

伊尾木は平日仕事で、土日が休みだ。

掛井が来るのは水曜と日曜の二日間のため、日曜日まで会えない。そこまで考えた伊尾木は、ふと自分が彼女に会うことを心待ちにしているのに気づいた。

（……そうか。俺は彼女が気になっているのか）

こうした感情を抱くのは久しぶりで、妙に感慨深い気持ちになった。

社会人になって九年、自身のパブリックなイメージを構築することが優先で、伊尾木はどの交際相手にも素の顔を見せることができなかった。

そのせいか誰とつきあっても数ヵ月で破局し、この三年ほどは面倒で恋人を作っていない。

そもそも出生からして複雑なため、内面が少し歪《ゆが》んでいる自覚が伊尾木にはある。とにかく表面を取り繕いながら生きてきた自分が、こんなふうに誰かに興味を示すのは、ひどく珍しかった。

微笑んだ伊尾木は思考を切り替え、今日のニュースの内容からゲストにどんな質問をするかを考える。そして午後三時からスタジオリハーサルに臨み、本番と同様の流れの中でカメラや音声、ＶＴＲの内容やゲストの出入りのタイミングをチェックした。

四時からは本番用のスーツに着替え、ヘアメイクをする。ＡＤからゲストの到着を教えてもらい、楽屋まで挨拶に行って簡単な打ち合わせをしつつ、本番に備えた。

やがて午後五時、定刻通りに放送がスタートする。

「こんにちは。news Trust のお時間です」

一時間五十分の生放送のあいだ、VTRの順番どおりにニュースを読み上げ、CM中に原稿を揃え直す。

トラブルなく生放送を進行させ、最後にカメラに向かって「それでは明日、またお会いしましょう」と挨拶して頭を下げれば、放送は終わりだ。

カットのコールが響き、スタジオ内の雰囲気が一気に緩んだ。

「お疲れさまでした、伊尾木さん」

番組でサブキャスターを務める谷口睦美《たにぐちむつみ》が声をかけてきて、伊尾木はにこやかに応える。

「お疲れさまでした」

放送終了後はスタッフの反省会に参加し、改善点などを話し合ったあと、番組ディレクターと明日のコーナーの内容について軽く打ち合わせをする。

退勤するのは、いつも午後七時半くらいだ。それを月曜から金曜までこなし、土日が休みになるが、例えば担当する番組が早朝だと深夜二時に出社しなくてはならなかったり、逆に深夜だと夕方出社して日付が変わってから退勤したりと不規則になる。夕方の番組を担当するのがスケジュール的には一番きつくないが、自宅に戻ってからも世界情勢や政治経済、事故や事件について勉強しているため、時間はいくらあっても足りない。

その週の金曜日は、朝からすっきりとした秋晴れだった。つい一週間前までの暑さが嘘《うそ》のように払拭《ふっしょく》され、吹き抜ける風が爽やかで心地いい。

午前十一時前、出社するべく自宅から局までの距離を歩いていた伊尾木は、何気なく視線を巡らせてビルの一階にあるフラワーショップに目を留める。

さまざまな種類の花が置かれた店頭は、ちょうどダリアのシーズンらしく、色鮮やかで美しかった。そのとき店の中から出てきたスタッフの女性が、客に花束の入った紙袋を手渡し、「ありがとうございました」と明るい笑顔を向ける。

それが掛井依子であることに気づき、伊尾木は目を瞠った。

(掛井さん? 何でこんなところに……)

そんな疑問がこみ上げたものの、伊尾木はすぐに「そういえば以前、フラワーショップと家事代行のダブルワークをしていると話していたっけ」と思い出す。

彼女の職場が局にこれほど近い店だった事実に、驚いていた。しかも掛井は今まで見たことがないような笑顔を客に向けていて、「あんな顔をする人だったのか」と新鮮に思う。

　客を見送った彼女が、ふと視線を感じたようにこちらを見た。そして伊尾木の姿に目を留め、びっくりした顔をする。

「……っ」

　声をかけようと口を開きかけた伊尾木だったが、そのとき中から掛井を呼ぶ声がして、彼女が「はい」と返事をした。

　一瞬迷うような表情をした掛井は、こちらに軽く会釈をし、店内に入っていった。それを見送った伊尾木は、局に向かって歩き出しながら考える。

（まさか彼女が、こんな近くで働いていたなんて。今まで全然気づかなかった）

　何より驚いたのは、掛井の表情だ。伊尾木の家で家事を行っているときの彼女は淡々としていて、話しかけても塩対応が多い。しかし先ほどフラワーショップの客に向けていた笑顔はまるで別人のように明るく、ひどく印象に残った。

　やがて日曜日になり、伊尾木は自宅で環境問題に関する過去のニュース記事に目を通していた。デリバリーで昼食を取ったあと、午後一時に掛井がやって来る。

「伊尾木さま、本日もよろしくお願いいたします」

「ああ」

彼女がバッグからエプロンを取り出し、茶色の制服の上から身に着ける。

それを見つめながら、伊尾木は口を開いた。

「掛井さんが働いてるフラワーショップって、うちからすごく近かったんだな」

すると掛井が、気まずそうに答えた。

「はい。ときどきＴＴＢテレビさんにも、お花の配達に行っています。すみません、あのときはご挨拶できなくて」

「だったら局内で、すれ違ったことがあるかもしれないな。君がお客さんに笑顔で接客しているのを見て、まるで別人みたいだと思った。ここではいつもツンとしているのに」

するると彼女が、心外そうにモゴモゴと答える。

「別に、ツンとしているわけでは……。不要な会話をせず、決められた作業を時間内にこなすことが定められておりますので、笑う暇がないだけです」

「でもこれからは俺の話し相手になるんだから、もちろんここでも笑うだろう？」

「そ、そんなふうに強要されるものではないと思います」

「強要はしてない。ただ俺が、掛井さんに笑顔を向けられたいだけだから」

それを聞いた掛井が、じわりと頬を赤らめる。彼女はどこか怒ったように言った。

「からかわないでください。いつもそうやって女性を口説いてるんですか？」

「いや、まったく。変に持て囃されるようになったせいか、外に出るとたまに雑誌や新聞社の記者がうろついてるんだ。面倒事を避けるために、俺から誰かを口説くことはない」

掛井の反応はひどく初心《うぶ》で、その様子を目の当たりにした伊尾木は、「もしかして、あまり男慣れしていないのかな」と考える。

彼女が小さく咳払《せきばら》いし、表情を取り繕いながら踵を返した。

「わたし、お風呂場の掃除をしてきますので、失礼します」

掛井がリビングを出ていき、伊尾木は思わず微笑む。これまでの淡々とした様子とは違い、今の彼女は表情が豊かで、ぐっと心をつかまれていた。

もっといろいろな反応が見たいし、笑ってほしい。それはただの家事代行サービススタッフに向ける感情としては異質なもので、伊尾木はふいにすとんと腑《ふ》に落ちた。

(俺は、掛井さんを意識してる。……一人の女性として)

家事代行を頼んで一ヵ月余り、掛井のおかげで伊尾木の生活は劇的に変わった。

部屋はリビングや寝室、水回りに至るまで、いつも清潔に保たれている。衣類が入ったクローゼットや引き出しはきれいに整頓され、窓もピカピカに磨き上げられていた。

一番変わったのは食生活で、栄養バランスの取れた手作りの惣菜はどれも美味《おい》しかった。それまで忙しさにかまけておろそかにしていた生活が整い、心身共に健康になったと感じる。

確かに金銭的な対価を払っているのだから、彼女は〝仕事〟としてこなしているだけだろう。だがこちらがテレビ局アナウンサーだと知ってもミーハーな態度を取らず、一個人として扱ってくれる掛井に、伊尾木は安らぎをおぼえていた。

そして彼女がときどき見せる人間らしい表情に、強く心惹《ひ》かれている。

(俺は……)

そのときリビングの片隅に置かれた掛井のバッグの中から、スマートフォンの着信音が響いた。

しかし彼女はバスルームに行っており、聞こえていない。勝手に私物に触れるわけにもいかず、それでも気になって見ているうち、しばらく鳴り響いていた電子音が途絶えた。

(スマホが鳴ってたって、教えてあげたほうがいいかな。急ぎの用事かもしれないし)

ソファから立ち上がった伊尾木は、リビングから出て廊下の右手にある洗面所に向かう。

　そしてバスルームの中で素足でしゃがみ込み、スポンジで床を擦っていた掛井に声をかけた。

「掛井さん、あの……」

「は、はいっ？」

　ビクッと肩を揺らした彼女が、慌てて立ち上がる。

　その拍子に洗剤でぬめる床で足を滑らせてしまい、掛井の身体が大きくよろめいた。

「あ……っ」

「危ない！」

　伊尾木は咄嗟《とっさ》にバスルームに踏み込み、腕を伸ばして彼女の身体を抱き留める。

　勢い余って身体の右側が壁面にぶつかったものの、掛井は無事だった。自分が庇《かば》われたのを知った彼女が、顔色を変えて言う。

「も、申し訳ありません！　わたし……っ」

「いや」

　図らずも掛井を抱きしめる形になった伊尾木は、ふと腕の中の華奢《きゃしゃ》なぬくもりを意識する。

細身なのは知っていたが、彼女の身体は伊尾木の腕にすっぽり収まり、庇護欲《ひごよく》をそそった。

するといつまでも抱きしめたままであることに戸惑った掛井が、こちらを見上げる。

「伊尾木さま、あの……？」

「――……」

間近で彼女と目が合った瞬間、伊尾木は吸い寄せられるようにその唇に口づけていた。

柔らかな感触に触れ、すぐに離れる。何をされたのかわからないという顔で呆然《ぼうぜん》としていた掛井が、みるみる顔色を変えた。彼女は伊尾木の胸を強く押して距離を取ると、顔をこわばらせながら小さな声で言った。

「わたし、あの……失礼します」

「あ、……」

バスルームから出た掛井が、風のような速さでリビングに向かう。

そして自身のバッグをつかみ、靴を履くと、足早に玄関から出ていった。それを見た伊尾木は、自分の行動のまずさに気づく。

（しまった。クライアントという立場の人間がいきなりあんなことをするなんて、とんでもない話だ。彼女にしてみたら、いきなり痴漢に遭ったようなものだろう）

派遣元のクオド・アソシエイツに、自ら申告するべきだろうか。

だがもしかすると彼女は事を公にすることを望んでいないかもしれず、伊尾木は躊躇《ためら》いをおぼえる。

（もし掛井さんが、会社のほうに申告したら……丁寧に謝罪しよう。もし公にしないにしても、俺は彼女が許してくれるまで謝らなくては）

自分があれほど衝動的な行動をするのが予想外で、伊尾木の中に忸怩《じくじ》たる思いがこみ上げる。

掛井が深く傷ついているかもしれないのを想像し、罪悪感で胸が痛んだ。追いかけたいが、そうするともっと怖がらせてしまうかもしれず、自己嫌悪が募る。

バスルームの床には、洗剤の泡がついたスポンジが落ちていた。それを拾い上げ、シャワーの湯で洗い流しながら、伊尾木は何ともいえない後味の悪さをじっと押し殺した。

第三章

伊尾木の部屋から飛び出した依子は、廊下を足早に歩いてエレベーターに乗り込む。開いた扉から中に入り、下降を始めた箱の中、ドクドクと鳴る心臓の音を持て余していた。

(何あれ。伊尾木さん、どうしてあんなことを……)

つい先ほど、依子はバスルームの掃除をしながら考え事をしていた。

理由はその直前、伊尾木から意味深な発言があったからだ。「俺は掛井さんから笑顔を向けられたい」という趣旨のことを言われ、どう解釈するべきか悩んでいた。

(伊尾木さんはわたしに「話し相手になってほしい」って言ったけど、それは会社の規約に反する。クライアントとは、必要以上に親しくなっちゃいけないんだから)

だがそれを了承してしまったのは、依子が彼に失礼な発言をした際に目こぼししてもらったという負い目があったからだ。

仕事に差し支えない程度に会話をするならいいだろうと考えていたが、伊尾木は思いのほかグイグイと距離を詰めてきて、極めつきがその発言だった。

彼がどういう意図で発言しているのかがわからず、依子は悶々《もんもん》としていた。

（もしかして、からかわれてるのかな。周りには、本音で話すような相手がいないって言ってたし。もしわたしを〝イジる〟つもりで発言してるのなら、本気にするだけ時間の無駄だよね）

そう思うのに、あの端整な顔でじっと見つめられると、ドキリとする。

依子は二十六歳になったばかりだが、これまで男女交際は二人としか経験がなかった。それもあまりいい思い出がなく、二年前までつきあっていた相手には経済的に依存され、さんざんな形で別れている。

ダブルワークを始めてからは忙しく、まったくそういう方向に気持ちが向かなかった。元より出会いも少ないが、そんな依子でも伊尾木は素直に「恰好いい」と思える容姿の持ち主で、家事代行のときにじっと見られていることが多くなった最近は居心地の悪い気持ちを持て余していた。

そんな矢先の、「笑顔が見たい」だ。彼の言葉の意図がわかりかねて物思いに沈んでいたところ、突然近くで名前を呼ばれた依子は、飛び上がって驚いた。

慌てて立ち上がったところ、濡れたバスルームの床で足を滑らせてしまい、咄嗟に伊尾木が身体を抱き留めてくれた。

しかし問題は、そのあとだ。なかなか身体を離さない彼に戸惑いをおぼえた瞬間、依子は伊尾木に口づけられていた。

（何であんなことをしたの？　もしかしてその場のノリ？　わたしは地味だし、簡単にそういうことができそうに見えた……？）

本来、クライアントに身体に触れられたり性的な発言をされることはセクハラ行為に当たり、即契約解除になる。

会社に報告する義務があるため、一階でエレベーターを降りた依子は、建物から出たタイミングでバッグからスマートフォンを取り出した。するとディスプレイに着信履歴が残っており、その名前は〝お母さん〟となっている。

どうやら気づかないうちに、電話がきていたらしい。伊尾木にされたことを会社に報告しなければと考えていた依子だったが、実家からの電話となると無視できない。

（もしかしたら、裕太《ゆうた》に何かあったのかも。すぐ電話をかけないと）

そう思い、実家の番号をタップして電話をかける。すると四コール目で女性の声が出た。

『もしもし、依子ちゃん？』

「お義母《かあ》さん、連絡くれてましたか？」

『ええ。どうしてさっき、電話に出なかったの。ずっと鳴らしていたのに』

どこか不満げな問いかけに、依子は答える。

「仕事中だったので。それより、用件は何ですか？　もしかして裕太に何か……」

電話の相手は麻美《あさみ》といい、依子の義母だ。

高校二年生のときに父が再婚して母親になった女性で、その後産まれた現在小学校二年生の息子の裕太がいる。

彼は依子にとっては十九歳も年の離れた弟のため、目に入れても痛くないほど可愛い存在だ。しかし裕太は幼い頃から身体が弱く、入退院を繰り返していた。麻美が声を落として言った。

『実は最近のあの子、あまり調子がよくなくて。今度の検査の結果によっては、長期入院しなければならないかもしれないの』

「えっ……」

『そうなると、うちも金銭的に大変でね。何しろ入院費の他、あの子は小さな子どもで私の付き添いも必要でしょう？　パートに行けなくなるから、収入が大きく減ってしまうのよ』

彼女は「だから」と言葉を続ける。

『依子ちゃんがしてくれている仕送り、もう少し額を増やせないかしら。今までも充分頑張ってくれていたし、とても助かっているけど』

麻美の用件が〝仕送りの増額〟だったことを知り、依子はスマートフォンを握る手にぎゅっと力を込める。

この一年、フラワーショップの仕事の他に家事代行サービスを増やし、ダブルワークをしていた理由はそれだった。幼い弟の入院費を助けるため、依子は毎月給料をやりくりして八万円の仕送りをしている。

正直言って生活はかなり苦しいが、裕太のためならば惜しくない。だがいきなり増額してくれと言われても対応するのは難しく、依子は彼女に向かって答えた。

「今以上に仕送りの額を増やすのは、無理です。これでもかなり生活を切り詰めて送っていますから」

『そ、そうよね。依子ちゃんが頑張ってくれてるのは、よくわかってるのよ。そっちにも生活があるのに、裕太のために二つも仕事を掛け持ちしてるんだもの』

そう言って麻美がため息をつき、気持ちを切り替えるように努めて明るく言う。

『甘えたことを言って、ごめんなさい。お仕事頑張ってね』

「はい」

『じゃあ』

通話が切れ、依子は耳からスマートフォンをそっと離す。

心に暗澹《あんたん》たる気持ちがこみ上げていた。彼女にはああ言ったものの、こんなふうに電話をしてくるくらいなのだから、きっとパートの収入が減ることが相当厳しいのだろう。かといって急に収入をアップさせるのは無理な話で、どうしたらいいのか考える。

(毎月わたしがしている二万円の貯金を、一万五千円に減らそうかな。そうしたら実家に送る金額を、五千円増やせる)

もっと稼げる職種に転職すればいいのかもしれないが、フラワーショップの仕事は絶対に辞めたくない。

家事代行も、中学一年生で母が亡くなってから父との二人暮らしで培ったスキルを活かすことができ、やりがいのある仕事だった。忙しいなりにようやく安定してきた生活を変える決断は、今すぐできそうにない。

小さく息をついた依子は、ふいに自分が会社に電話をかけようとしていたのを思い出した。

伊尾木とは週二回、一回四時間の定期プランで契約しており、指名料なども入って時給が通常より数百円アップしている状態だ。もし会社に先ほどの出来事を報告すれば即契約解除になり、依子の収入は下がってしまう。

（仕方ない。だってわたしは、さっきそれだけのことをされたんだから。……でも）

もし報告しなければ、伊尾木宅での仕事を続けるのは可能だ。

彼本人に厳重に抗議し、「今後は一切ああいうことはしない」と約束してもらえれば、それでいいのではないか――そんな考えが、ふいに脳裏をかすめた。

（そうだよ。わたしは裕太のために、できるだけお金を稼がなくちゃいけないんだし。だったら少しくらいのことは我慢するべきなのかもしれない）

これまで依子は伊尾木に対し、悪い印象は持っていなかった。

先ほどのキスも、バスルームで足を滑らせたこちらを助けてくれた弾みのようなもので、彼が今頃後悔している可能性も充分考えられる。

往来で足を止めた依子は、しばしの逡巡の末に踵を返した。そして伊尾木のマンションに戻り、エレベーターで九階まで上がる。

深呼吸をし、玄関のインターホンを押すと、内側からドアが開く。伊尾木が顔を出して、驚きの表情でつぶやいた。

「……掛井さん」

「伊尾木さまにお話があり、戻って参りました。少しお時間よろしいでしょうか」

彼の顔を見ると先ほどの出来事をリアルに思い出し、心臓の鼓動が高まる。

玄関に入ってドアが閉まった瞬間、依子は早速口を開きかけたものの、それより早く伊尾木が頭を下げて謝罪してきた。

「さっきは本当に申し訳なかった。いきなりあんなことをして、掛井さんが怒るのは当然だ。許してほしい」

想像以上に真剣な表情で謝罪され、依子は内心驚きをおぼえる。

頭を下げたままの彼に対し、しどろもどろに言った。

「あの……お顔を上げてください」

「俺はクライアントという立場で、家事代行スタッフである君とは利害関係にある。それであんなことをするのはセクハラだし、恐怖を与えてしまったかもしれないと思うと、謝っても謝りきれない」

依子は気まずく答える。

「……確かに驚きました。クライアントに身体に触れられたり性的な発言をされることは、セクハラ行為に当たります。即契約解除になる案件で、そうした事態が発生した場合、スタッフはすみやかに会社に報告する義務があります」

すると顔を上げた伊尾木がやるせない表情になり、つぶやいた。

「当然だ。もう会社には電話を？」

「いえ、まだです」

「どうして……」

「伊尾木さまに確かめたいことがあって、戻ってきたんです。突然あんな行動に出たのはどうしてですか？」

依子の問いかけに、彼が明晰《めいせき》な声で答える。

「――したかったからだ」

「だ、だから、その理由は……」

「俺は掛井さんを、一人の女性として意識していた。家事代行に来てくれるようになったおかげで生活の質が格段に上がったし、君本人に心惹かれてる。だから衝動的にしてしまった」

思いがけず直球な言葉で返され、依子の頬がじわじわと赤らんでいく。

いたたまれず伊尾木から目をそらしながら、小さな声で言った。

「……からかわないでください。わざと思わせぶりな発言をしたり、『話し相手になってほしい』って言ったり、こっちの反応を見て楽しんでるんですか？」

「そんなわけない。どうしてそう思うんだ？」

意外なことを言われたような表情からは、嘘をついている雰囲気は微塵《みじん》も感じられない。

それを目の当たりにした依子は、内心ひどく動揺していた。

（もしかして、この人は本当にわたし個人に興味があるの？　テレビ局に勤めてて、メディアで持て囃されているような人なのに）

にわかに伊尾木を意識し、依子はどうしていいかわからなくなる。

そんな様子を見つめ、彼が言った。

「とはいえ俺の気持ちとさっきの行動は、話が別だ。どんな償いでもするから、何なりと言ってほしい」

「それは……」

「それから『反省してない』と思うかもしれないし、図々しいお願いかもしれないが、この家の家事代行の仕事は続けてくれないかな。掛井さん以外の人間に出入りされるのは嫌なんだ」

自分の仕事を評価してくれる言葉を聞き、依子の心が揺れる。

今回の件について会社に報告すれば、伊尾木との契約は強制解除になってしまう。依子と彼の接点はなくなるものの、週二回の定期プランという美味しい仕事も同時に失うことを意味していた。

（わたし……）

伊尾木に好意を仄《ほの》めかされた動揺は、まだ収まっていない。

だが差し当たって優先すべきなのは、仕事だ。実家に仕送りをするためには収入が減る事態だけは避けなければならず、依子は目まぐるしく考えながら口を開いた。

「突然あんなことをしたのは、断じて看過できません。しっかり反省していただかないと困ります」

「心から反省してる。本当に申し訳なかった」

「先ほど『どんな償いでもする』とおっしゃいましたが、これ以上の謝罪は不要です。わたしも大人ですので、あの程度で騒ぐつもりはありません」

ほんの少し見栄を張りながらそう告げた依子は、改めて彼を見る。

「伊尾木さまが今後一切あのようなことをしないと約束してくださるのであれば、わたしは先ほどの件を会社に報告しませんし、この家の家事代行を続けようと思います。いかがですか」

すると伊尾木が目を瞠り、問いかけてくる。

「……いいのか？」

「伊尾木さまは、以前わたしが失礼なことを申し上げたとき、会社に報告しないでいてくれました。それでおあいこかと」

「そんなことあったっけ」

依子が「伊尾木が有名なアナウンサーだと知らず、顔を見たときに微妙な対応をしてしまった」と説明すると、得心がいった様子でつぶやく。

「ああ、あれか。別に失礼だとは思ってないし、俺が自意識過剰だっただけだから、気にしないでくれ」

彼は「でも」と言葉を続ける。

「掛井さんが家事代行を続行してくれるのはうれしいけど、『今後一切あのようなことをしない』という約束はできないかもしれない」

「えっ？」

「さっきも言ったように、俺は掛井さんを一人の女性として意識してる。今後関係を発展させたいくらいに」

心臓がドキリと脈打ち、依子はどんな顔をしていいか迷う。伊尾木が言葉を補足して言った。

「誤解しないでほしいんだが、俺が反省している気持ちは本当だ。もし万が一、君が不快に思うような言動を俺が取ったら、そのときは遠慮なく警察や弁護士に俺を突き出してくれていい」

「そ、そんな」

いきなりそんな発言をされた依子は動揺し、伊尾木から目をそらしながら、精一杯平静を取り繕って言った。

「わたしはただの……家事代行スタッフです。伊尾木さまには、もっとふさわしいお相手がいらっしゃると思います」

「言っただろう、外では猫を被ってるんだって。爽やかで知的、品行方正なアナウンサーを装ってるが、素の俺はこうして愛想のない人間だ。今まで何人かの相手とつきあってきたけど、いつも〝表〟の顔しか出せず、本当の自分は見せられなかった」

「…………」

「でも君は違う。俺のことをまったく知らなかった人間だからか、キャラを作らずに話すことができるんだ。一緒にいてとても気が楽だし、プライベートに入ってこられても気配がまったく邪魔じゃない。そんな存在は、俺にとって初めてだ」

依子はひどく動揺していた。

伊尾木の態度は真剣に見え、冗談で言っているようには見えない。だがテレビという華やかな世界にいる人間にこんなことを言われても、腰が引けてしまう。

迷った末に、依子はしどろもどろに言う。

「あの、わたしは仕事でここに来ているわけですので、作業に差し支えるようなことは……」

「だったら、終わったあとならいいか？」

思いがけないことを言われ、依子は「えっ」と聞き返す。

彼が微笑んで言った。

「作業時間が終わったあとなら、プライベートだから口説いても構わないわけだろ」

「あの……」

確かに理屈ではそうだが、素直に頷けない。

葛藤する依子を見つめ、伊尾木がどこか楽しそうに言った。

「決まりだな。作業の邪魔をする気はないから、よろしく頼む」

＊＊＊

掛井が何ともいえない表情になりながら、洗濯を始めるべくリビングを出ていく。

それを見送った伊尾木は、一度部屋を飛び出していった彼女が戻ってきてくれたことに、心から安堵《あんど》していた。

（わざわざ戻ってきてくれたのは、仕事を途中で放棄できないという責任感からかな。あのまま縁が切れなくてよかった）

とはいえ突然キスをしたのは褒められた行動ではなく、大いに反省しなくてはならない。

掛井の派遣元であるクオド・アソシエイツの規約によれば、クライアントから身体に触れられたり性的な発言をされることはセクハラ行為に当たり、即契約解除になるという。

〝家〟という他者の目の行き届かない場所で仕事をすることを思えば、それは当然だろう。だが彼女は今回の件を会社に報告せず、伊尾木の自宅での仕事を続けると言ってくれた。

その際に〝今後一切、あのようなことをしないと約束してくれるのであれば〟という条件をつけてきたが、伊尾木はそれを拒否した。

（俺は彼女に、心惹かれてる。……一人の女性として）

掛井の存在は、伊尾木にとって新鮮だ。こちらがそれなりに有名なアナウンサーだと知ってもまったく顔色を変えず、淡々としている。

初対面の女性は大抵こちらの容貌に色めき立つものの、そんな気配もない。いっそ清々しくさえ思えるクールな対応は、人づきあいに辟易している伊尾木にはとても楽に思えた。

彼女の前では普段の爽やかで折り目正しい人間という仮面を外し、愛想のない素の顔を出せる——それは想像以上の開放感で、伊尾木は気がつけば掛井を恋愛対象として見ている自分を感じていた。

そもそも彼女は異性として見たとき、とてもきれいな女性だ。ほっそりした体型や清楚《せいそ》な顔立ち、サラサラのきれいな髪と姿勢のよさに清潔感が漂っている。その仕事ぶりからは真面目で実直な性格が垣間《かいま》見え、浮ついたところがないのも魅力的だった。

バスルームでよろめいたのを抱き留めた瞬間、「触れたい」という衝動のままにキスをしてしまったが、もし掛井にとって不本意で、会社に報告するならそれまでだと思っていた。

場合によっては自身のアナウンサーというキャリアに傷がつく事態になったかもしれないが、それは自業自得だ。しかし一旦部屋を飛び出した彼女はすぐに戻ってきて、「今後もこの家での家事代行を続ける」と言ってくれ、伊尾木の恋心に火が点いた。

(俺は彼女を、口説き落としたい。クライアントと家事代行スタッフという関係じゃなく、想い想われる恋人になれたら、どんなにいいだろう)

だが掛井のほうは及び腰で、逃げるように洗面所に行ってしまった。

見たところこちらを嫌っているようではないものの、かといって積極的でもなく、どちらかというと伊尾木の本気度に懐疑的に見える。

ならば互いの理解が深まるよう、コミュニケーションを取るべきだ。そう考えた伊尾木は、リビングの片づけに戻ってきた彼女に問いかけた。

「掛井さんは、家事代行を始めてどのくらいなんだ？」

「一年くらいです」

「花屋の仕事と掛け持ちするんじゃなく、こっち一本で働いたほうが実入りはいいんじゃないか」

素朴な疑問を口にすると、掛井は雑誌と新聞を分けながら答えた。

「最初はフラワーショップの仕事だけをやっていて、あまり多くない給料でも一人でどうにか暮らせていました。でも、一年前から実家に仕送りをしなければならなくなって、元々得意だったことを生かせる家事代行の仕事を始めたんです。こちらは自分のペースで、隙間時間でも働けますから」

「実家に仕送りだなんて、感心だな」

伊尾木のつぶやきに対し、掛井が小さく笑って答える。

「弟のためなんです。わたしには十九歳離れた弟がいるんですけど、身体が弱くて入退院を繰り返していて。義母《はは》から『家計が大変だから助けてほしい』という要請があったとき、フラワーショップの仕事はどうしても辞めたくなかったので、ダブルワークという形にしました」

「弟さんは、難病か何かで？」

「いえ。幼い頃に心臓の病気で手術して、今も身体が弱いそうです」

それを聞いた伊尾木は、ふと引っかかりをおぼえる。

だが今の段階であまり突っ込んだことを言うのは気が引けて、口をつぐんだ。その後、水回りの掃除を終えた彼女が、「あの」と声をかけてくる。

「料理のほう、何か食べたいものがあれば言ってくだされば作りますけど、いかがですか？　いつもわたしが一方的に決めているので」

それを聞いた伊尾木は、少し考えてつぶやいた。

「……揚げ物かな」

「揚げ物というと、とんかつとか唐揚げとかですか？」

「別にこだわりはないから、何でもいいよ」

すると彼女は、エプロンを外しながら言った。

「わかりました、でしたら今日は、揚げ物にしますね。ちょっと近くのスーパーに買い物に行ってきます」

その後、食材が入ったエコバッグを手に帰ってきた掛井は、キッチンで忙しく立ち動いていた。

やがて食欲をそそるいい匂いが漂い始め、一時間半ほどして彼女がダイニングテーブルに料理を運んでくる。

「今日はお皿に配膳しました。どうぞ」

テーブルにはナスの海老挟み揚げと高野豆腐の煮物、イカとわかめの酢味噌和《すみそあ》え、和風トマトサラダが並び、アサリの味噌汁とご飯が湯気を立てている。

掛井がお盆を手に言った。

「この他に肉豆腐《にくどうふ》も作って、残りの料理もタッパーに入れてありますけど」

「美味そうだ。よかったら掛井さんも一緒に食べないか？」

「えっ？」

するとと彼女は、戸惑った様子で言う。

「せっかくだから」

「でも……わたしは仕事中ですし」

「じゃあ、終わらせてから一緒に食べよう。プライベートなら問題ないだろう」

何度か固辞しようとした掛井だったが、伊尾木が食い下がると、やがて根負けして言った。

「わかりました。では業務報告書を書きますから、伊尾木さまは先に食べていてください」

そうは言われたものの、誘った以上は待ちたい。

そんな伊尾木の気持ちがわかったのか、彼女は急いで報告書を書き上げ、自分の料理を配膳した。そしてダイニングテーブルの向かいの席に座ったため、伊尾木は冷蔵庫から缶ビールを取り出して、二人分のグラスに注いで言う。

「じゃあ食べよう。とりあえず、俺たちの初めての食事に乾杯」

「……乾杯」

グラスを合わせ、早速頬張ったナスの海老挟み揚げは、油を吸ったジューシーなナスとプリプリの海老の食感がマッチし、食べ応えがある。

嚙むと海老の旨味がじんわりと染み出して、酢醤油《すじょうゆ》と練りからしをつけて食べると何ともいえず美味しい。口の中のものを嚥下《えんげ》した伊尾木は、感心してつぶやいた。

「美味い。からしの風味がナスに合うな」

「台所にまだ残っていますから、食べるときはキッチンペーパーを敷いたお皿の上に並べて、トースターで片面数分ずつ焼いてみてください。揚げたてに近い食感に戻りますから」

この味がまた明日も愉《たの》しめると思うと、夕食の時間が楽しみになる。

他の料理も口をつけると、高野豆腐と椎茸《しいたけ》の煮物はだしの風味が豊かで、イカとわかめの酢味噌和えは酸味の具合がちょうどよかった。

和風トマトサラダには千切りの生姜と鰹節《かつおぶし》、たっぷりの万能ねぎが入っており、ごま油の香りが食欲をそそる。

向かいの席でアサリの味噌汁を一口啜《すす》った掛井が、「あの」と問いかけてきた。

「台所に調味料や圧力鍋が揃っていてかなり助かったのですが、伊尾木さまはご自分でお料理をされるんですか？」

それを聞いた伊尾木は問いには答えず、彼女を見つめて言った。

「今はもうプライベートだから、〝さま〟付けはやめてくれないか」

「えっ」

「普通の知り合いは、そんなふうには喋らないだろう？　せめて〝さん〟とか」

するとと掛井が戸惑ったように「でも……」とつぶやく。伊尾木は言葉を続けた。

「質問の答えだけど、台所にあった圧力鍋や調味料は、母親がときどき来て料理をするために揃えたものなんだ。彼女は専業主婦で時間に余裕があるから、俺の暮らしぶりを心配して月に二回ほど様子を見に来ては料理をしていた」

「お母さまが……」

「俺自身はまったく料理ができなくて、普段は出来合いやデリバリーばかりだ。それでも、掃除や洗濯は必要に迫られて自分でやっていたんだが、四月から番組のメインキャスターになってからはそんな暇もなくなってしまった」

「メインキャスターって、それほどお忙しいんですか？」

彼女の疑問に、伊尾木は頷いて答える。

「あくまでも俺の場合だが、朝は六時に起きて外を十キロランニングしたあと、テレビで各民放のニュース番組をチェックする。新聞も各社取り揃えて、全部に目を通してるな。あと衛星放送で主要国の国営ニュースも視聴して、世界情勢についても頭に入れる。出勤は午前十一時だが、それまでずっとニュースのインプットだ」

退勤は午後七時半だが、帰宅してからは翌週の番組内で行うインタビューの内容について勉強したり、企画会議に向けてレジュメを作ったり、関連書籍を読み込んだりするため、就寝時間は概ね午前一時頃になる。

するとそれを聞いた掛井が、感心したようにつぶやいた。

「ニュースキャスターって、ただ用意された原稿を読むだけだと思ってました。そんなに勉強されているなんて、びっくりです」

「アシスタントのキャスターはそれでいいかもしれないが、俺はメインだからな。いろいろなことにアンテナを張って知識を深めないと、ゲストに的確な質問ができない。それが毎日だから、ずっとゴールがない状態だ」

伊尾木は「でも」と言い、笑って彼女を見る。

「こうして掛井さんが作るものを食べると、ホッとする。気取らない家庭料理だけど栄養バランスがいいし、味付けが絶妙で、しみじみ『美味い』って思うんだ。家の中や水回りもきれいにしてくれて、君のおかげで人間らしい生活ができていると言っていい」

「……そんな」

「だからといって、そういうのが目的で掛井さんと距離を縮めようとしているわけじゃない。君のてきぱきとした動きは見ていて気持ちいいし、真面目な性格も好ましい。でも、一番惹かれたのは笑顔かもな」

それを聞いた掛井が「笑顔？」とつぶやき、伊尾木は説明する。

「最初に俺が料理を褒めたとき、掛井さんは『ありがとうございます』って言ってうれしそうに笑っただろう。それまでの淡々とした様子が一気に綻《ほころ》んで、可愛いと思ったんだ。何より局の近くのフラワーショップで見かけたとき、客に明るい笑顔を見せていたのがすごく印象的だった。いつか俺の前でも、あんな笑顔を見せてほしい。そのために、信頼を積み重ねてきたいと考えてる」

彼女の顔が、じわじわと赤らんでいく。伊尾木は微笑んで告げた。

「でも俺ばかりが満たされる関係じゃなく、掛井さんにも安心して寄り掛かってもらえる存在になりたい。だからこれから、仕事以外で会う時間を作ってほしい」

「あの……」

しばらく躊躇うように視線をさまよわせていた掛井が、やがて顔を上げる。

彼女は小さな声で言った。

「わたしも……伊尾木さんのことを、もっと知りたいです」

それを聞いた瞬間、伊尾木の心にじんわりと喜びがこみ上げる。

こちらのアプローチに及び腰だった掛井が、控えめながらも向き合う姿勢を見せてくれたことがうれしかった。

伊尾木は笑って提案した。

「じゃあ初めの一歩として、お互いの連絡先を交換しないか?」

「はい」

第四章

フラワーショップの仕事のとき、依子は午前八時半までに出勤する。保管してある花の開花状態をチェックし、店舗を清掃したり、花束を作成したりと、やることは尽きない。

午前十時に店がオープンすると接客がメインになり、客の要望に応じて花束を作って会計をする合間、在庫の花の茎や葉をカットし、美しい状態を長く保つように心掛ける。こうして花に向き合う作業が、依子は好きだった。

(昨日の社内アレンジメント講座、勉強になったな。恵比寿《えびす》店の店長の酒井《さかい》さん、やっぱり技術がすごいし)

恵比寿店の店長はフラワースタイリストとしても活躍しており、彼女が作るアレンジメントは華やかさとハイセンスな仕上がりに定評がある。

実際に酒井の作業を間近に見て、彼女から直々にレクチャーを受けた依子は、俄然やる気が出ていた。

もっとアレンジメントを勉強し、大きなものも作ってみたい。だがダブルワークをしている今は週に四日しか出勤できず、もどかしさが募る。

(仕方ないのはわかってる。仕送りをするためには、ここだけの収入じゃ足りないんだから)

仕送りのことを考えると、深いため息が漏れる。

義母の麻美から「仕送りを増額できないか」という電話をもらったのは、二日前の日曜日の話だ。

そのときはこちらが精一杯の金額を送金している旨を告げ、一度は納得してもらったものの、彼女は夜に立て続けにメッセージを送ってきた。

内容は「今日は電話であんなことをお願いしてごめんなさい　迷惑だったでしょう」「でもパートを辞めなきゃいけなくなるのは、本当に不安なの　かといって裕太の病院の付き添いは、私以外できないし」など、謝りつつも自身がいかに困っているかを切々と訴えてくる文面で、それを読んだ依子はすっかり気が滅入ってしまった。

メッセージは翌日も翌々日も届き、「在宅でお金になる仕事はないかな　依子ちゃんは何か知ってる?」「裕太を丈夫に産んであげられなかったのは、私のせい　責任を痛感しています」などと書かれており、依子は真綿で首を絞められるようにじわじわと罪悪感を募らせている。

（仕送りを増額することができない、わたしが悪いの？　これでも精一杯の金額を送ってるのに）

もし実家に送っている八万円が手元に残れば、今より格段にゆとりのある生活ができる。

ダブルワークを辞めるだけでも体力的にかなり楽になるはずだが、無理を押して頑張っているのは、すべて裕太のためだ。

だが自分にできることといえばお金の援助しかなく、依子は唇を引き結ぶ。

（仕方ないよね。隙間時間になるべく家事代行の仕事を入れて、少しずつ収入をアップさせるしかない）

お金の使い方も、少し見直すべきだ。

家事代行のときのランチは、今まで移動の途中でコンビニやファストフード店に立ち寄ることが多かったが、おにぎりを持っていくなどすれば食費を抑えることができる。今まで一日置きにしていた洗濯も三日分くらいまとめてすれば、電気代と水道代を節約できるかもしれない。

そこまで考えた依子は、金のことばかり考えなければならない現状に息苦しさをおぼえた。

ともすれば閉塞感とストレスでどうにかなってしまいそうになるが、最近はささやかながら生活に変化が起きている。

(何だか嘘みたい。わたしが伊尾木さんと、個人的に連絡を取り合ってるなんて)

クライアントである伊尾木に突然キスをされ、恋愛感情を抱いていると告白されたときのことをまざまざと思い出し、じんわりと頬が熱くなる。

あのとき一度はマンションを飛び出しながら戻ってきた依子に、彼は「俺は掛井さんを、一人の女性として意識している」と言い、仕事外で交流を深めることを提案してきた。

そして一緒に夕食を取った際に「いつか俺の前でも、花屋で客に向けていたような笑顔を見せてほしい」「俺ばかりが満たされる関係じゃなく、掛井さんにも安心して寄り掛かってもらえる存在になりたい」と発言してきて、それを聞いた依子の心が揺れた。

(本当は伊尾木さんの申し出を、断るべきなのかもしれない。だってあの人は有名なアナウンサーで、わたしとはクライアントと家事代行スタッフっていう関係なんだから。……でも)

キスをされた段階で会社に報告するべきだったのに、依子はそれができなかった。

今思えばそれは、「話し相手になってほしい」と言われたときから伊尾木を異性として意識していたからかもしれない。

通常の関係を逸脱したところでの不意打ちのキスは、恋愛慣れしていない依子に大きなインパクトを与えた。

突然そんな行為に及んだ彼の真意がわからず、「あのキスは、足を滑らせたこちらを助けてくれた弾みのようなものかもしれない」と解釈しようとしたが、伊尾木はマンションに戻った依子に真摯に謝罪してくれた。

彼は依子のどこに惹かれているかを言葉を尽くして伝えてくれ、心をぎゅっとつかまれるのを感じた。その後食事に誘われ、断りきれずに同じテーブルにつきながら、依子は目の前の伊尾木に対してときめきをおぼえていた。

連絡先を交換してから、彼とは何度かメッセージのやり取りをしている。内容は朝晩の挨拶や、依子が作ったおかずを配膳した夕食の写真など、ごく他愛のない内容だ。伊尾木に食べ物の好き嫌いはないというが、「今度はカレーを食べたい」とリクエストされ、依子の中に俄然やる気がこみ上げていた。

(本当は、少し後ろめたさを感じてる。いくら仕事が終わったあとのプライベートとはいえ、クライアントと個人的に連絡を取ってるんだもん。しかも伊尾木さんは、有

名なアナウンサーだし）

だが久しぶりに味わう恋愛の予感は、依子の心を甘い気持ちで満たしていた。週に一度しか会えないせいか、余計に伊尾木について考えてしまう。これまで彼が出ている番組を一度も見たことがない依子は、「忙しいから仕方がない」と考えていたものの、ふと録画すればいいのだと気づいた。

今日は出勤する前に午後五時からのニュース番組を録画予約してきていて、見るのが楽しみだ。アナウンサーとしての伊尾木がどんなふうに仕事をしているのかを想像し、胸がドキドキする。

かくして午後八時に退勤した依子は、地下鉄に乗って小伝馬町駅で降り、徒歩八分ほどのところにあるアパートに帰宅した。冷凍ご飯を解凍して刻んだ高菜と卵でチャーハンにし、アボカドとトマトを載せた冷《ひ》や奴《やっこ》とわかめスープを添えた夕食を作る。

そしてそれをテーブルに運び、早速リモコンで録画したニュース番組を再生した。

『こんにちは。news Trust のお時間です』

画面の時刻表示が午後五時になるのと同時に番組が始まり、仕立てのいいスーツをピシッと着こなした伊尾木が一礼する。

（わ、本当にテレビに出てる……）

きちんとセットされた髪と背すじが伸びた姿は一分の隙もなく、とても端正だ。

彼は落ち着いた様子でカメラを見つめて言う。

『まずは雨に関するニュースです。停滞する前線の影響で大雨が降り、近畿地方で土砂災害や水害による被害が相次いでいます。総務省消防庁によると……』

伊尾木の口調はよどみなく、手元の原稿にはあまり目を落とさずに、カメラを真っすぐ見つめて明朗な声でニュースを読み上げている。

スタジオにいるゲストに話題を振るときもスムーズで、端的な質問で相手の情報を引き出し、補足する説明がわかりやすい。

その口調と物腰には知的さが漂い、それでいて嫌みなくソフトで、気づけば依子は食事をするのも忘れてテレビ画面に見入っていた。

（すごい。伊尾木さん、わたしの前にいるときとテレビとじゃ全然違う。「外では相当な猫を被ってる」って言ってたの、本当だったんだ）

依子が知る伊尾木はあまり表情が動かず口調も淡々としているが、ゲストと話しながらときおり笑みを浮かべる彼は、とても爽やかに見える。

自分の前での姿が本当の伊尾木ならば、テレビに出ているときの彼は意図してキャラクターを作っていることになり、依子は感心して小さく息をついた。

（素があんなにクールな感じなのに、テレビに出てるときはこれほど爽やかな雰囲気を作れるなんて、きっとすごく努力してるんだろうな。空いてる時間はニュースを見たり勉強してるって言ってたから、本当に大変な仕事なんだ）

テレビに映る伊尾木は依子の知っている彼とはだいぶ違うものの、好きなアナウンサーランキングで一位になるのも頷けるほどに恰好よかった。

伊尾木は女性のアシスタントアナウンサーと交互にニュースを読み、合間に自身の手元の原稿をさりげなく入れ替えていた。そのあいだも背すじはピンと伸びていて姿勢がよく、耳に心地よい低音の声も相まって、見ているだけで胸がドキドキする。

やがて二時間の録画が終わる頃、依子の気持ちは複雑になっていた。

（テレビに出てる伊尾木さんを初めて見たけど、あんな感じなんだ。わたし、あの人と全然釣り合わないんじゃないかな）

自宅にいるときの彼はラフな服装だが、スーツを着ていると品のある雰囲気になり、俳優のように人を惹きつける華がある。

政治や経済のニュースでも質問やコメントが的確で、クレバーさがにじみ出ていた。

そんな伊尾木が自分に恋愛感情を抱いているという事実が、依子は信じられない。

テレビ関係者でもなく、しがない家事代行サービスのスタッフである自分と、彼は本当につきあいたいと考えているのだろうか。

そんな気持ちを抱きながら、依子は翌日の水曜日、伊尾木のマンションに向かった。午後一時から五時までの四時間、掃除と整理整頓、買い出しと料理を担当するが、たとえ作業が早く終わっても決められた時間より前に退室することはない。契約している時間をフルに使い、やることはいくらでもある。

近頃の依子は、クローゼットの棚の中身の整頓に着手していた。靴下や衣類などを機能的に収納するため、引き出し内の仕切りなどを購入する許可はあらかじめ得ている。

切りのいいところまで作業し、スーパーに買い出しに行って料理も作り終えた依子は、作業報告書に記入をした。そして室内を見回して考える。

(わたしの仕事はここまでだけど、このあとどうしよう。伊尾木さんは、「そのまま俺が帰るまで部屋にいてくれ」って言ってたけど……)

——今日の昼、伊尾木から届いたメッセージには、「夜に会いたい」という内容が書かれていた。

水曜日である今日は依子が彼のマンションで家事代行をする日であり、作業は午後五時で終わりだ。

クオド・アソシエイツの社屋に行くのは月に二、三回程度で、書類の提出や掃除道具などの持ち出しといった用があるとき以外は出社しない。

いつもなら終了報告の電話を会社に入れ、そのまま自宅に直帰していた。つまり伊尾木が帰宅するまでこのままマンションにいるのには何の差し障りもないが、依子の中に躊躇いがこみ上げる。

（伊尾木さんが帰ってくるのは七時半くらいだって言ってたけど、それまでこの部屋で待ってるのって図々しくない？　そもそもわたしたち、まだそこまでの仲じゃないし）

彼から好意は伝えられているものの、依子は二の足を踏んでいる状態だ。

昨日録画したニュース番組を見たらなおさら、自分が伊尾木に釣り合わない気がして腰が引けていた。

しかしその一方で、彼に惹かれる気持ちも強くある。メッセージがくればうれしく、誘われれば無視できない。「これから信頼を積み重ねていきたい」と言ってくれた伊尾木に、もっと近づきたいという思いが確かにある。

しばらく考えた末、依子は一旦彼のマンションを出た。そして近くのファストフード店で時間を潰し、午後七時半の少し前に部屋の玄関前に立って伊尾木を待つ。

すると七時二十分くらいにビジネスバッグを手に帰ってきた彼が、廊下を歩きながら驚いた顔で問いかけてきた。

「どうしてそんなところにいるんだ？　部屋の中で待っててくれって言ったのに」

「伊尾木さんが不在のときにわたしが仕事以外でお部屋にいるのは、何だか違う気がしたので。だから外で時間を潰して、さっき戻ってきたところです」

それを聞いた彼が目を丸くし、次いで噴き出す。

そしてビジネスバッグからカードキーを取り出しながら言った。

「真面目というか何というか、ある意味君らしいな。俺は掛井さんだからこそ、部屋の中で待っててほしかったのに」

チラリと流し目を向けられ、依子の心臓がドキリと跳ねる。

スーツ姿の伊尾木はニュース番組に出演しているときを彷彿《ほうふつ》とさせ、文句なしに恰好よかった。家の中に入った彼に、依子はぎこちなく告げる。

「あの、お夕飯の用意をしましょうか。さっき作ったものがありますので」

「いや、俺がやるよ。君はもう勤務時間外なんだから、動かず座っててくれ」

「でも」

「いいから」

スーツのジャケットを脱いだ伊尾木はシャツの袖を腕まくりし、キッチンに入る。そして冷蔵庫を開け、先ほど作った料理を取り出して言った。

「今日も美味そうだな」

今回作ったのは、アスパラの肉巻きと鯖《さば》の甘酢あんかけ、ローストポーク、蛸《たこ》のマリネ、ポテトサラダだ。

彼はそれらを皿にきれいに盛りつけ、トースターで軽く焼いたバゲットやチーズを並べる。そして赤ワインのボトルを出し、依子に言った。

「ワインは平気か？」

「はい。少しなら」

慣れた手つきで栓を抜いた伊尾木が、中身をグラスに注ぐ。彼はそれを持ち上げ、微笑んだ。

「じゃあ、乾杯」

ワインは渋みが少なく、すっきりとした口当たりで美味しかった。グラスを置いた依子に、伊尾木が言う。

「本当は外のデートに誘いたいんだが、俺の周りにはときどき雑誌の記者がうろついてるから。家でごめん」

「そ、そんな。当然です」

改めて彼が注目されている人間なのだと感じつつ、依子は慌てて首を横に振る。

（さっき、マンションの前で待ってなくてよかったな。もしわたしが伊尾木さんと話しながら建物の中に入るのを見られたら、きっとすごく怪しいもの。写真を撮られかねない）

彼がローストポークを口に入れ、眉を上げて言う。

「美味いな、これ。厚みがある切り方なのに、すごく柔らかくて」

「塊肉を室温に戻したあとに全体をフォークで刺して、ハーブ塩と砂糖、オリーブオイルをすり込んでいるんです。さらにしばらく放置して味を染み込ませたあと、グリルでじっくり時間をかけて焼いています」

切り分けてピンクペッパーとクレソン、バルサミコのソースを添えれば、簡単なのにご馳走感が出る。するとそれを聞いた伊尾木が、不思議そうに言った。

「塩はわかるが、砂糖も使うんだな」

「砂糖には保水力があって、お肉から水分が出過ぎてしまうのを防いでくれるんです。塩は普通のものではなく岩塩を使って、豚肉の味に負けないようにしてます」

付け合わせとして一緒に焼いた野菜は、今回は椎茸と蕪《かぶ》、玉ねぎにしたが、林檎《りんご》を使うとフルーティーで違った味わいになる。

依子がそう言うと、彼が感心した顔でつぶやいた。

「君が料理上手なのは、そういう学校に通ったからか？」

「いえ。わたしの母が中学一年のときに亡くなって、それから四年くらい父と二人暮らしだったんです。そのあいだ家事をしていたので、自然と」

「……そうだったのか」

伊尾木がしんみりした顔になってしまい、責任を感じた依子は、そんな空気を払拭するべく急いで話題を変える。

「そういえばわたし、昨日伊尾木さんが出演されている番組を録画して見ました。今までは『その時間に家にいられないから、見られない』って思っていたんですけど、録画すればいいんだって気づいて」

「わざわざ録画したのか？」

「はい。テレビに出ている伊尾木さんは、いつもと違う顔で驚きました。ニュースを読む口調によどみがないのはもちろん、ゲストに話題を振るときやコメントも、すごくスマートで。ああして振る舞えるようになるまで、きっとすごく努力してきたんだなということが伝わってきましたし、だからこそストレスが溜まるんだろうなとも思いました」

「…………」

「つ、つまり何が言いたいかというと、伊尾木さんが有名なアナウンサーになるのも納得だなって感じたんです。普段わたしが知っている姿とはまったく違っていて、社会人として尊敬の念がこみ上げました。でも、いつもの少し愛想のない伊尾木さんのほうが馴染《なじ》みがあるので、わたしはこっちのほうがホッとしますけど」

そこまで言って口をつぐんだ依子は、ふと彼がじんわりと顔を赤らめているのに気づく。

珍しいその光景に驚き、思わずまじまじと見つめると、伊尾木はきまり悪そうに視線をそらしながら言った。

「君に面と向かってそんなふうに褒められると、照れるな。──どんな顔をしていいかわからない」

「えっ……」

「俺を特別視しない掛井さんのことを気に入っていたはずだけど、いざ褒められてみるとうれしい。君が純粋な目で俺の仕事を見て、評価してくれてるのがわかるから」

自分の発した言葉で彼が照れているのだとわかり、依子の胸がきゅうっとする。

最初はクールでとっつきにくい人だと感じていたが、伊尾木は思いのほか率直に自身の心情を話してくれ、それに気持ちをつかまれていた。

（わたし……この人が好きだ）

アナウンサーとしての彼と、自分の前でだけ素の顔を見せる彼、どちらにも心惹かれている。こちらに告白して以降、言葉や行動で想いを伝えてくれるのもうれしかった。

依子はグラスの中のワインをグイッと飲み干し、息をつく。そして目の前の彼を真っすぐ見つめて言った。

「お世辞でも何でもなく本心ですから、言ってほしかったらいくらでも言いますよ。伊尾木さんのいいところ」

「そうなると、天狗になりそうだ」

伊尾木が面映ゆそうに笑ってワインを注いでくれ、依子はありがたく口をつける。

その後、食事は和やかに進んだ。伊尾木はテレビ局であった珍事や取材で大変だったことを語り、依子はそれを興味深く聞く。お返しに家事代行で受けたクレームについて語ったりと話が盛り上がり、気づけば一時間余りが経過していた。

赤ワインのボトルが空き、新しく開けたスパークリングワインを二杯ほど飲んだ依子は、酒気を帯びたため息をつく。

普段は滅多に酒を飲まず、そう強いほうでもないが、今はふわふわとして気持ちよかった。

(もう九時半になる。……帰らなきゃ)

依子は立ち上がり、テーブルの上の食器を重ねて言った。

「そろそろ片づけますね。わたしは帰らなきゃいけないですし」

「いいよ、あとで俺がやるから。時間外に仕事をしないでくれ」

「これは仕事じゃなく、自分が使った食器を片づけるという当然の行為ですから」

すると伊尾木が笑い、提案した。

「わかった。じゃあ一緒に片づけよう」

テーブルの上の食器をシンクに運び、水でざっと汚れを落としたあと、食器洗浄機に入れる。

専用の洗剤を投入してスイッチを押したあと、依子はシンクを磨いて周囲の水撥《は》ねを拭いた。そのとき酔いのせいか足元がふらついてしまい、隣に立つ伊尾木に軽く身体が触れてしまう。

「あ、すみません」

「いや」

ふいに間近で視線が絡み、依子の心臓がドキリと音を立てる。

彼の顔立ちの端整さや自分より高い身長を意識し、じんわりと頬が熱くなっていくのを感じた。すると伊尾木が、つぶやくように言う。

「駄目だな。このあいだのことを反省してるし、少しずつ信頼を積み重ねていきたい気持ちに嘘はないのに、もう掛井さんに触れたくなってる。酔った君はいつもより隙があって、可愛いから」

その眼差しには押し殺した熱情があり、それを見た依子の鼓動が速まっていく。

ドクドクと鳴る心臓の音を意識していると、しばらくこちらを見下ろしていた伊尾木が、やがてふっと笑った。

彼は依子からさりげなく身体を離しつつ、さらりと言う。

「もう帰ったほうがいい。すぐにタクシーを呼ぶから」

その瞬間、依子は咄嗟に伊尾木のシャツをつかんでいた。

軽く引っ張られる形になった彼が、目を丸くして依子を見る。自分の大胆な行動に驚きながら、依子はしどろもどろに言った。

「あの……わたし、その」

「…………」

「伊尾木さんに、ちゃんと自分の気持ちを言ってなかったと思って。初めて会ったときは顔を隠しているのを見て、正直かなり引きました。ひょんなことから素顔を見てもピンとこなくて、かなり失礼なことを言ってしまったのを心から反省しています。でも、そのあと少しずつ話をするようになって、就業規則を盾に淡々とした態度を取りながらも、本当は楽しかったんです。そんなとき、不意打ちみたいに突然キスされて——一気に伊尾木さんを意識するようになりました」

伊尾木が「それは……」と口を挟もうとしてきたものの、依子は言葉を続ける。

「マンションに戻って話をしたとき、真摯に謝ってくれたのも誠実な感じがしました。わたしのどこに惹かれているかを言葉を尽くして伝えてくれて、その頃からだと思います。……伊尾木さんに対する気持ちが、恋愛感情だって自覚したのは」

慣れない告白に頬が熱くなるのを感じながら、依子は一旦深呼吸する。

そして彼を見上げ、想いを伝えた。

「わたし——伊尾木さんが好きです。今までちゃんと言えなくて、すみませんでした」

それを聞いた伊尾木は、しばらく信じられないというように無言だった。

やがて少しずつ実感が湧いてきたのか、うれしそうに顔を綻ばせて笑う。

「君がキスの一件を水に流して家事代行を続けると言ってくれたり、そのあと一緒に食事をしてくれて、嫌われてはいないと思っていた。でも恋愛に発展するのにはもっと時間がかかると考えていたから、そう言ってくれてすごくうれしい」

彼は思いのほか素直に自身の心情を言葉にしてくれ、依子の胸がじんとする。

不愛想でつっけんどんな印象ではあるものの、気を許した相手にはガードが緩んでしまうのだろうか。そう思うと心が疼《うず》き、依子は彼に問いかける。

「さっきわたしに『触れたくなってる』って言ったのは、またキスしたくなったっていう意味ですか……？」

「ああ」

「わたしも触れてほしいです。このあいだみたいな弾みじゃなく、〝恋人〟として」

すると伊尾木が身を屈め、唇に触れるだけのキスをしてくる。

表面を押しつけてすぐに離れた感触が名残惜しく、間近で見る端整な顔に胸を高鳴らせながら、依子はつぶやいた。

「もっと……」

彼の腕が腰を強く引き寄せ、身体が密着する。

上から覆い被さるように深く唇を塞がれ、依子はそれを受け止めた。

「ん……っ」

押し入ってきた伊尾木が舌を絡めとって、喉奥から声が漏れる。

ざらりとした表面を擦り合わせながら吸いつかれ、弾力のある舌が口腔を埋め尽くす感覚に、眩暈《めまい》をおぼえた。一度唇を離してもすぐに角度を変えて口づけられ、キスがいつまでも終わらない。

やがてどのくらいの時間が経ったのか、ようやくキスから解放されたとき、依子はすっかり息を乱していた。伊尾木がこちらの身体を抱き寄せ、髪に唇を押し当ててささやく。

「ごめん、ちょっとやりすぎた」

「……大丈夫です」

「今日はもう帰ったほうがいい。タクシーを呼ぶよ」

「えっ？　でも……」

てっきりこのままベッドになだれ込むのかと思っていた依子は、肩透かしを食う。お互いに大人なのだから、そういう流れになっても当然だと思っていた。むしろそうした行為を彷彿とさせるほど官能的なキスに、すっかり蕩《とろ》かされてしまっている。

するとこちらのそんな心情を察したのか、彼が笑って言った。

「そんな顔をするな。襲いたくなるだろ」

「わ、わたしはそれでもいいんですけど……」

「別にそういう行為だけが目的じゃないし、俺たちはもう少しお互いを知る時間を持ってもいいと思うんだ。一足飛びに関係を進めるんじゃなく、もっと気持ちが高まってからで構わないんじゃないかな」

伊尾木の言葉が意外で、依子は思わずまじまじと彼を見つめる。

するとと伊尾木がチラリと笑い、言葉をつけ足した。

「とはいえ俺も聖人君子じゃないし、男だから触れたい欲求はある。こうして気持ちが通じ合えば、余計にだ。だからこれから一緒に過ごす時間を重ねて、徐々に関係を進めていきたいと思うんだが、どうだろう」

彼が自分を大切にしてくれているのが伝わってきて、依子の胸がじんとする。

目の前の伊尾木への信頼が深まるのを感じながら、面映ゆく微笑んだ。

「はい。伊尾木さんさえよければ……どうぞよろしくお願いします」

＊　＊　＊

アナウンサーは、話し方や表現に敏感だ。

普通に会話をしているときや、情報のインプットのために他局のニュース番組を見ているときなど、人の話し方に引っかかりをおぼえることが多々ある。

耳に入ってくる〝音〟がどうしても気になってしまうため、なかなか普通に番組を楽しむことができないのが難点だ。また、常に人から見られているという意識が抜けず、外ではいつも気持ちを張り詰めている。

そんな中、自宅にいるときが唯一リラックスできる時間だったが、最近の伊尾木はとても充実していた。理由は、家事代行サービスで自宅を訪れている掛井依子と恋人同士になったからだ。彼女の前では品行方正なアナウンサーの仮面を脱ぎ、素の自分を出せる。

清楚な容姿と真面目な性格を併《あわ》せ持《も》つ依子は、最初こそクールで淡々とした印象だったが、実は恋愛慣れしていないことが徐々にわかってきた。

こちらがテレビに出演する人間ということで腰が引けているのか、彼女はときどき気後れした様子を見せる。だが先日一緒に食事をしたときに一生懸命言葉を尽くして想いを伝えてくれ、そんな依子に伊尾木はいとおしさをおぼえていた。

あれから二週間、彼女とは週に三回ほど顔を合わせている。二回は家事代行のときで、あとの一回は依子が休みの日だ。

いずれも会うのは伊尾木のマンションで、彼女に教えてもらいながら二人で料理をしたり、動画配信サービスで映画を観《み》たりといった過ごし方をしているが、回を増すごとに打ち解けてきているのを感じていた。

（……可愛いんだよな）

近頃の彼女は、伊尾木に笑顔を見せてくれることが格段に増えた。

普段は職場と家の往復だという依子は、これまで恋愛をする暇もなかったようだ。

そんな雰囲気を事前に感じ取っていた伊尾木は、時間をかけて彼女との距離を縮めることを選択した。

一足飛びに身体の関係を持つのは簡単だが、依子に信頼してほしい。そして自分のことも知ってほしい――そんな気持ちがあり、交際を始めて二週間が経つ今もキスしかしていない。

（でも……）

想いが密度を増すにつれ、伊尾木の中には依子に触れたい気持ちが募っていた。

彼女の華奢な身体や澄んだ声、ふとした瞬間に浮かべる笑顔は心を疼かせ、こちらの話を興味深そうに聞いてくれるところも好ましい。

逆に料理や花に関して造詣《ぞうけい》が深い依子からさまざまな蘊蓄《うんちく》を聞くのが楽しく、彼女への想いがじわじわと高まっている。

（「もう少しお互いを知る時間を持ってもいいと思う」とは言ったけど、いつステップアップするべきかな。しかしこの俺がこんなふうに誰かに対してやきもきするなんて、驚きだ）

これまで人並みに異性との交際経験がある伊尾木だが、誰に対しても本音をさらけ出すことができなかった。

それは自身のバックボーンが複雑で、秘密を抱えて生きてきたせいもあるが、自分から好きになってアプローチしたわけではなかったのも理由としてあるに違いない。

だが依子は、違う。気がつけば真面目で弟のために頑張っている彼女を好きになり、振り向かせたくてたまらなくなっていた。

大切にしたいからこそ時間をかけて関係を進めていくのを選んだが、今はそれが自分の首を絞めている。

（贅沢な悩みだな。俺のほうが年上なんだから、少し余裕を見せないと）

その日の生放送を滞りなく終え、伊尾木は午後七時過ぎに退勤する。

そして徒歩で自宅に戻る途中で、人気のパティスリーに立ち寄った。旬のケーキを四つほど買い込んで帰宅すると、三和土には女物のパンプスが揃えて置かれている。

リビングのドアが開き、依子が出てきて言った。

「伊尾木さん、おかえりなさい」

「ただいま」

こうして挨拶できるのを面映ゆく感じながら、伊尾木はパティスリーの箱を差し出した。

「途中でケーキを買ってきた。君が好きかと思って」

すると彼女は目を輝かせ、うれしそうに笑う。

「甘い物、大好きです。自分では買う機会がないので、すごくうれしい」

「そうか。よかった」

リビングに入ると、ダイニングテーブルには夕食の用意がされていた。

カセットコンロの上に置かれた土鍋がぐつぐつと煮えているのがわかり、伊尾木は笑顔で言う。

「へえ、今日は鍋か」

「はい。豚の薄切り肉と水菜、きのこを、だしを利かせた醤油ベースのつゆで煮込んで、上から大根おろしを載せた雪見鍋にしました。ポン酢をつけて食べたら美味しいんですよ」

「楽しみだ」

他にきゅうりとちくわの生姜和え、海老とそら豆の炒め物、あさりの酒蒸しなどの箸休めがあり、ビールで乾杯する。

鍋はだしの味が染み込んだ具材にポン酢をつけるとさっぱりとして食べやすく、海老とそら豆の炒め物は食感がよかった。伊尾木は依子のグラスにビールを注いでやりながら言った。

「いつも家ばかりで、掛井さんに負担をかけてごめん。外に出ると写真を撮られてしまうかもしれないから、ここのほうが安心かと思って」

「いいんです。わたしは料理が好きですし、こうして伊尾木さんと食べるのはすごく楽しいので。毎回食材費を出していただいて、かえって申し訳ないくらいです」

「君の労力に比べたら、そのくらい何でもない」

ちょうどテレビでは外国の選挙の話題を放送していて、彼女に質問された伊尾木はそれをわかりやすく説明する。

仕事柄、世界的に注目されているニュースについては深く調べているだけに、そういったことは得意だ。依子が感心したように言った。

「日々いろんなニュースがある中で、その都度勉強するのって大変ですよね。伊尾木さんは、打てば響くように情報がスラスラ出てきてすごいです」

「確かに大変だけど、俺自身の知識欲もあるから、やりがいはあるかな。メインキャスターをやる機会を与えてもらって、感謝してるよ」

鍋の締めにうどんを投入すると、すっかり満腹になった。

二人で台所を片づけ始めたところで、伊尾木のスマートフォンが鳴る。

(……誰だろう)

ディスプレイを確認したところ、依子がいる状況では話したくない人物だったため、無視してテーブルに置いた。

しかし一旦切れた着信音が再び鳴り出し、それを見た彼女が言う。

「何か緊急の連絡なのでは？　どうぞ出てください」

「……ああ。じゃあ、バルコニーで話してくる」

スマートフォンを手に歩き出した伊尾木は、指を滑らせて「もしもし」と通話に出る。すると電話の向こうで、女性が言った。

『慶一？　私よ』

蠱惑的《こわくてき》な声を聞いた伊尾木は、手短に答える。

「悪いけど、今は人といるから話せない。あとでかけ直すから」

しかし彼女は引き下がらず、一週間後にある自身の誕生日の件について話し始めた。しばらく黙ってそれを聞いた伊尾木は、バルコニーから遠くのビル群を眺めつつ口を開く。

「わかった、その日は必ず空けるよ。何があっても誕生日は祝うから……ああ。そんなに『愛してる』を連呼するな。誰かに聞かれたらどうするんだよ」

小さく笑った伊尾木は、それからしばらく相手と雑談を交わし、電話を切る。

そしてリビングに戻ったが、台所を片づけ終えた依子が帰り支度をしていて、驚いて問いかけた。

「どうした？　まだ帰るのは早いだろう」

「あ……伊尾木さんが電話をしていたので、お邪魔かと思って」

「全然。そんなことない」

伊尾木が「ケーキを食べながらワインを開けようか」と提案したところ、彼女が頷いて皿とグラスを用意してくれる。

そして部屋の照明を少し落とし、二人で先日の続きの海外ドラマを観始めた。ソファ前の床に直《じか》に座った伊尾木が手招きすると、依子がおずおずと近寄ってきて脚の間に収まる。

やんわりと引き寄せる動きに彼女が遠慮がちに体重を預けてきて、そのぬくもりにいとおしさが募った。フォークを手に取り、ケーキを一口食べた依子が、目を丸くして言う。

「んっ、この巨峰のタルト、美味しいです。甘さが控えめで」

「そうか。よかった」

甘い髪の香りや細い肩に劣情を煽《あお》られるものの、そこはぐっと抑え、努めて平常どおりに返事をする。

伊尾木がテーブルに腕を伸ばし、自身のワイングラスを取ろうとした瞬間、依子がふいに「……あの」と言った。

「ん？」

「わたしたち、おつきあいすることになって二週間が経ちますけど、伊尾木さんは会う頻度についてどう思ってますか？」

彼女の質問に、伊尾木は笑って答える。

「本音を言えばもっと会いたいとは思うけど、君の負担が大きくなるだろう。ただでさえダブルワークで疲れているのに、休日もここに来てもらってるし。互いに仕事をしている以上は、今のペースで仕方ないんじゃないかな」

「伊尾木さんはわたしと会っていて、その……楽しいですか？」

「掛井さんとメッセージのやり取りをするだけでも楽しいし、会えば仕事の疲れが吹き飛ぶ。君が帰るまでの時間が、いつもあっという間だ」

いつも依子は十時には帰宅してしまうため、正味二時間半くらいしか会えていない。

だが少しずつ親密度が増して、こうして身体を密着させて海外ドラマを観られるようにはなってきていた。すると彼女がケーキの皿をテーブルに置き、こちらを向いて意を決したように問いかけてくる。

「だったら、どうして何もしてくれないんですか？　もしかしてわたしに女性としての魅力がないからですか」

「えっ」

「伊尾木さんは『時間をかけて、少しずつ関係を進めていきたい』って言ってくれましたけど……不安なんです。伊尾木さんの中で、わたしがどんなふうに思われてるのか」

「――好きだよ」

突然の問いかけに面食らいつつ、伊尾木は依子に向かって真摯に告げる。

「掛井さんが好きだ。会えば会うほど想いが募って、どんどん好きになってる」

それを聞いた彼女が、かすかに顔を歪めた。伊尾木は依子の頬に触れ、穏やかに問いかける。

「何がそんなに不安なのか、言ってくれないか？　俺がこんなふうに会ったり、優しくしたいのは君だけだ」

しばらく押し黙ってこちらを見つめた依子が、やがてポツリと答える。

「伊尾木さんとの間に、揺るぎない繋がりがないから――わたしは不安なのかもしれません。大切にされているのに、こんなの贅沢ですよね。ごめんなさい、どう言っていいかわからないので、今の言葉は忘れてください」

そう言って彼女が身体を離して立ち上がろうとしたため、伊尾木は咄嗟にその腕をつかむ。そして依子の目を見つめて告げた。

「そんな言い方をしたら、都合よく解釈する。君が俺を誘ってるんだって」

「……そのとおりです。わたしは伊尾木さんと、もっと親密になりたいと思っています」

「後悔しないか？」

伊尾木の問いかけに、依子が切実な瞳で答えた。

「後悔なんて、しません。わたしは伊尾木さんのことが好きなんですから」

好意を抱いている女性からこんなふうに言われて、〝もう少し時間をかけてから〟と突っぱねられるほど、自分はできた人間ではない。

伊尾木は心を決めると、依子に向かって告げた。

「――じゃあ、寝室に行こう」

第五章

　伊尾木の寝室は六畳の広さで、セミダブルサイズのベッドとその脇のチェスト、本棚や作り付けのクローゼットがある。

　普段ベッドのリネンを替えるのは家事代行を担《にな》う依子の役目だが、いざ自分がそれを〝使う〟側になると何ともいえない気持ちになっていた。

（わたしから誘ったりして、伊尾木さん、引いてないかな。……顔を見るのが怖い）

　いつになく大胆な行動に出たのは、なかなか進展しない関係に焦《じ》れていたからだ。

　正式につきあうようになって二週間、依子の中で彼への想いは募る一方だった。週に三回顔を合わせ、この部屋で一緒に過ごすが、伊尾木は「俺たちはもう少しお互いを知る時間を持ってもいいと思う」「一足飛びに関係を進めるんじゃなく、もっと気持ちが高まってからで構わないんじゃないか」と言った言葉どおりにこちらに手を出そうとはしなかった。

　とはいえ、帰り際に軽いキスをしたり、抱き寄せて髪に顔を埋めたりといった行為はあり、依子はそのたびに甘い気持ちでいっぱいになっていた。

（でも……）

会うたびに、伊尾木の端整な顔や言葉の端々から伝わる聡明さに胸が高鳴り、依子はそんな自分を持て余していた。

普段人に見られる仕事をしているせいか、彼はいつも背すじがピンと伸びていて、姿勢がいい。素の口調は少しぶっきらぼうだが、これまでしてこなかった料理を依子と一緒にやろうとする意欲があり、こちらに教えを乞うときの態度はとても謙虚だ。

最初の頃に抱いていた不愛想なイメージは、今はもうなかった。自身の気持ちをきちんと言葉にしてくれるところ、仕事以外でこちらを働かせようとしないところなど、伊尾木の気遣いが心地よく、依子は彼に急速に心惹かれる自分を感じていた。

だからこそ、もっと近づきたい。キスをされるたびに「今日こそは」という期待が高まったものの、毎回それが肩透かしに終わり、依子はやきもきしていた。

その一方、今の依子は強い不安に苛まれている。理由は、先ほどの伊尾木の電話の内容が聞こえてしまったからだ。最初にスマートフォンが鳴ったとき、彼はディスプレイで誰が電話を掛けてきたのかを確認し、出ずにテーブルに置いてしまった。

だが再び着信音が鳴り出したのを見て、依子が出るように促すと、渋々頷いてバルコニーに向かった。

特段聞き耳を立てようとはしていなかった依子だったが、ダイニングテーブルを拭こうとした瞬間、彼の声が耳に飛び込んできた。

最初は電話の相手に「今は人といるから話せない」と答えていた伊尾木は、しばらく黙ったあとでこう言った。

『――わかった、その日は空けるよ。何があっても誕生日は祝うから……ああ。そんなあっさり「愛してる」とか口にするな、誰かに聞かれたらどうするんだよ』

心臓がドクリと音を立て、依子は思わず動きを止めた。

その言葉は、まるで親密な相手に向ける睦言《むつごと》のようだ。しかも彼の声音は外向きではなく気安いもので、戸惑いと不安が胸に渦巻いた。

(伊尾木さん、一体誰と話してるんだろう。しかも電話の相手が彼に向かって「愛してる」って発言するのは、きっと普通の関係じゃない)

「誰かに聞かれたらどうするんだ」という発言も、ひどく意味深だ。

周囲にばれないように関係を秘密にしているというようにも解釈でき、依子の胃がぎゅっと強く締めつけられた。

伊尾木はその後も何やら電話の相手と話し続けていたが、依子は冷静ではいられなかった。テーブルを拭いていた布巾をキッチンに片づけ、急いで帰ろうとしたところで彼が戻ってきてしまい、なし崩しに海外ドラマの続きを観ることになった。

身体を引き寄せられて伊尾木に背後から抱き込まれる形になりながら、依子の心は千々に乱れていた。

（もしかして、二股？　伊尾木さんは、わたし以外につきあっている人がいるの……？）

リビングに戻ってきたときの彼は、まったく普通の態度に見えた。

こちらの身体を後ろから抱き込むしぐさも優しく、依子の胸が苦しくなった。本当は先ほど電話の内容を聞いてしまったことを正直に話し、事の真偽を確かめるべきだったのかもしれない。

だがもし伊尾木が認めてしまったら、どうしたらいいのだろう。そもそも身体の関係もない自分は、彼を問い詰める権利があるのだろうか。

（わからない……。でも）

このまま伊尾木を諦めて身を引くことは、どうしてもできそうになかった。

気がつけば依子は自身の不安を吐露し、彼に迫っていた。それに応える形で伊尾木が寝室に誘い、今に至る。

依子の心臓が、ドクドクと速い鼓動を刻んでいた。何しろこうした行為は大学以来で、ひどく緊張する。

そうするうちに彼がベッドに座り、こちらに手を差し伸べてきた。

「――おいで」

意を決した依子は、伊尾木に歩み寄る。すると彼はこちらの両手を握り、問いかけてきた。

「緊張してるか？」

「す、少し……」

「もし途中でどうしても無理だと思ったら、そう言ってくれ」

それを聞いた依子はぐっと眦《まなじり》を強くして答えた。

「無理なんかじゃないです。わたしから誘ったんですから」

「……そうか」

チラリと笑った彼が腕を引いてきて、ゆっくりベッドに押し倒される。

覆い被さってきた伊尾木に唇を塞がれ、依子はそれを受け入れた。ぬめる舌が絡み、体温が上がる。

今さらながらに彼の身体の大きさを意識し、ほんの少し怯《おび》えの気持ちがこみ上げた。そんな気持ちを知ってか知らずが、伊尾木の触れ方は丁寧だった。キスで気をそらしながら胸元に触れ、やんわりと揉《も》みしだく。

　やがてその手がカットソーの下に潜り込み、素肌に触れたとき、さらりと乾いた感触と体温に思わずため息が漏れた。

「はぁっ……」

　部屋の中は電気が点いておらず、カーテンを閉めていない窓から、月明かりがぼんやりと差し込んでいる。

　そんな中で衣服を取り去られると羞恥が募ったものの、伊尾木の手と唇で乱され、それどころではなくなってしまった。

「あ、……」

　やがて身体を起こした彼が自身のネクタイを緩め、首からシュッと引き抜く。

　シャツのボタンを外してあらわになった上半身は引き締まっていて、広い肩幅や実用的な筋肉がついた上腕、胸の厚みが男らしかった。依子は伊尾木を見上げ、小さな声で言う。

「伊尾木さんって、着痩せするんですね……」

「週に一度はジムに行って、鍛《きた》えてる。人に見られる仕事だから、体重管理をしないと」

「そ、そうなんですか」

「君の身体も、きれいだ。ほっそりとしてるのに、どこを触っても柔らかくて」

胸元を隠していた依子の手を押さえ、彼がささやく。

「隠さないで、見せてくれ」

「あ……っ」

胸のふくらみをつかみ、改めて舌で愛撫《あいぶ》されて、依子は甘い声を上げる。

覆い被さる伊尾木の身体の重さ、素肌の感触と体温に胸がいっぱいになり、身体の奥がじんと熱くなっていた。

やがて彼が中に押し入ってきたとき、数年ぶりの行為にほんのわずか痛みをおぼえ、思わず眉根を寄せた。するとそれに気づいた伊尾木が動きを止め、問いかけてくる。

「痛いか？」

「……っ……大丈夫です」

「でも」

依子は腕を伸ばし、彼の首を引き寄せる。

先ほどまでは不安に苛まれていたものの、今はただ繋がれた喜びだけがあった。依子は間近で彼を見つめ、ささやいた。

「好きです、伊尾木さん。やっとこうなれて、すごくうれしいです」

「俺もだ。ずっと触れたい気持ちはあったのに、君に『時間をかけて信頼を積み重ねていきたい』って言った手前、なかなか手を出せなかった。恰好悪いだろ」

緩やかに律動を開始され、突き上げられて、依子は息を乱して伊尾木の身体にしがみつく。

徐々に激しくなる動きに揺らされながら、切れ切れに声を上げた。

「あっ……伊尾木、さん……っ……」

「依子……」

押し殺した声で名前をささやかれ、体温が上がる。

気がつくと最初に感じた苦痛はなく、甘い愉悦だけがあって、長いこと彼の動きに翻弄された。

やがて伊尾木が身体の奥深くで果てたとき、依子は疲労でぐったりとしていた。避妊具の後始末をした彼が腕を伸ばし、こちらの頬に触れて言う。

「どこかつらいところはないか？」

「……平気です」

タオルケットを引き寄せ、胸元を隠しながら答えると、伊尾木が隣に身体を横たえてくる。そして依子の身体を抱き寄せ、髪に顔を埋めてささやいた。

「やばいな。一度触れたら、すぐにまたしたくなって困る」

「……っ、そ、そんな」

たった今したばかりなのにそんなことを言われ、依子の顔がかあっと赤らむ。

すると彼がニヤリと笑って言った。

「なんてな。最初からがっついたら嫌われそうだから、自重するよ」

依子がホッとしたところ、伊尾木はこちらの髪を撫でて問いかけてくる。

「今日は泊まっていくか？　明日の仕事がフラワーショップなら、自宅よりここからのほうが近いだろう」

「確かに近いんですけど……その、泊まる準備というか、メイク道具などを持ってきていなくて。だから今日は帰ります」

それを聞いた彼が「そうか」と残念そうに言い、言葉を続ける。

「でも今度は着替えとかを持ってくれば、泊まれるよな？」

「そうですね」

「楽しみだ」

笑う伊尾木の表情は嘘をついている様子は微塵もなく、依子はじっと考える。

——先ほど聞いた電話の内容では、相手がどういう発言をしたかはわからない。もしかしたら自分の深読みしすぎなのかもしれず、彼が二股をかけていると決めつけるのは早計な気がした。

何よりたった今抱き合ったときの伊尾木のしぐさには愛情が溢れており、彼を信じたい気持ちでいっぱいになっている。

（わたし、簡単すぎるかな。身体を繋げたことで、自分の中の違和感から目をそらそうとするなんて）

だがこれまでの伊尾木の言動は信頼に値するものであり、依子は自分が大切にされているのを実感していた。

ならば折を見て、あの電話はどういうことなのかを彼に問《と》い質《ただ》せばいい。もし納得いかない返答ならば、そのときにどうするのかを考えるのでも決して遅くはないはずだ。

（今は、幸せな気持ちに水を差したくない。……たとえそれが現実逃避だとしても）

自分が安易なほうに逃げようとしているのを感じ、依子の胸がシクリと疼く。

だがこうして肌を触れ合わせ、伊尾木の整った顔を間近に見つめると、せっかくの甘い空気を壊す勇気がどうしても出てこなかった。彼がこちらの顔を覗《のぞ》き込《こ》み、問いかけてくる。

「どうした？　そんなじっと見つめたりして」

「……伊尾木さんの顔が、好きだなあと思って」

本当はさまざまなことを考えていたものの、あえてそう答えると、伊尾木が笑って言う。

「顔だけか？」

「えっ？　えっと……声も」

「確かに声は商売道具だけど、ささやき声が聞けるのは恋人の特権かな。——テレビでは、こんなひそめた声は出さないから」

わざと抑えた声でささやかれ、蠱惑的な響きにドキリとする。

顔が赤らみ、恥ずかしくなって思わず彼の胸に顔を伏せると、それに気づいた伊尾木が楽しそうに笑った。

「意外に使えそうだな、これ。依子にそんな顔をさせたいときは、耳元でささやけばいいのか」

「や、やめてください……」

じゃれ合っているうちに目が合い、口づけられて、最初は軽かったそれが次第に熱を帯びる。

彼の手が胸のふくらみに触れてきて、依子はキスの合間に訴えた。

「伊尾木さん、駄目です。わたしはもう……」

「タクシーで送っていくから」

再びシーツに押し倒され、依子は愛してやまない伊尾木の顔を見上げる。

そして甘い気持ちが心を満たすのを感じ、再びその身体の重みを受け止めながら、目を閉じた。

＊　＊　＊

アナウンサーは人前で話す仕事のため、伊尾木は自身の声質と声量に合わせた話し方を工夫している。

そして限られた時間の中でニュースを読まなければならない都合上、内容は無駄のないシンプルな表現になるよう心掛けていた。進行台本はその担当者が執筆するが、リハーサルの前に必ず目を通し、語尾の重複などがある場合は流れを崩さない範囲で自分で書き直している。

また、視聴者が耳で聞いてわかりやすいように、〝約〇万人〟を〝およそ〇万人〟に変更したり、〝〇〇のみ〟を〝〇〇だけ〟に書き換えたりしていた。

しかしトラブル防止のために必ず担当者に一言断ってから赤ペンを入れ、それを相手に確認してもらうというプロセスを経ている。加えて生放送を円滑に進めるため、関わるスタッフ全員に気配りすることを日々実践していた。

その日、伊尾木は自身のデスクで抑えた声で繰り返し原稿を読んでいた。どこか引っかかるところはないか、スムーズな言い回しを考えて修正を入れていると、サブキャスターの谷口睦美がやって来て言う。

「伊尾木さん、S国のテロ事件のニュースは六番目じゃなく五番目になるって、佐々《さ さ》木《き》プロデューサーが言ってました」

「そうか。ありがとう」

「ところで考えてくれました？　一昨日《おととい》言ったこと」

「何だっけ」

伊尾木の問いかけに、素早く周囲を見回した谷口は身を屈め、こちらの耳元でささやく。

「飲み会のお誘いですよ。お店は完全個室でプライバシーが保たれますし、伊尾木さんに会ってみたいっていう子がいっぱいいるんです。他局のアナウンサーも来ますから、ぜひ」

「それはもう断ったはずだけど」

「もー、そんなこと言わないでくださいよう。私の顔を立てると思って、ね？」

谷口が可愛らしく小首を傾《かし》げたものの、伊尾木はニッコリ笑って答える。

「悪いけど、来週予定してるC大の滝本《たきもと》博士へのインタビューのレジュメを作るので忙しいんだ。彼の研究論文を読まなきゃいけないから」

すると彼女は、心底残念そうな顔をして言った。

「じゃあ今回は諦めますけど、いつか絶対ですよ？」

「考えておくよ」

谷口が去っていき、伊尾木は小さく息をつく。

彼女に言ったことは嘘ではないが、飲み会を断る本当の理由は別にあった。二日前に、依子と本当の恋人同士になったからだ。

自分で「時間をかけて信頼を積み重ねるべきだ」と言った手前、関係を進めるのはもう少し先の話かと思っていたものの、彼女からのアプローチで急遽そういう流れになった。

（自分でも、呆《あき》れるくらいに舞い上がってるな。二日続けて彼女を家に呼んでしまうなんて）

聞けば依子は、真剣に自分と向き合おうとしてくれる伊尾木の態度がうれしい反面、身体の関係がないことに不安をおぼえていたらしい。

伊尾木のほうには断る理由がなく彼女を抱いたが、身体を重ねる行為は想像以上の充足をもたらした。

華奢な肢体やこらえきれずに漏らす吐息、しがみつく腕の強さに魅了され、最初の夜は二度もしてしまい、日付が変わる頃に依子が慌てて帰る羽目になった。

その翌日である昨日も、昼にメッセージで「会いたい」と本音を吐露するとフラワーショップの仕事が終わったあとにマンションまで来てくれ、ベッドまで待てずにソファで抱き合った。まるで若者のような節操のなさに、伊尾木は苦笑いする。

（まさかこんなに好きになるとは思わなかった。家事代行を頼んだときは、自分の顔を見られるのも嫌だって考えていたのに）

作業中の依子は極力物音を立てず、パソコンに向かって仕事をしている伊尾木は気配がまったく気にならない。

彼女に興味を持ったきっかけは自分を〝テレビに出ている有名なアナウンサー〟と

して見ないからだったが、実際に番組を視聴してこちらの仕事を評価してくれたときはうれしかった。

おそらく依子の前ではただの〝伊尾木慶一〟個人でいられる部分が、自分にとっては大きかったのだろう。聞き上手な彼女と話すのは楽しく、ときおり浮かべる笑顔が可愛らしい。恋愛に慣れていないところも庇護欲をそそり、気がつけばどんどん依子に心惹かれていた。

（とはいえ、俺とつきあっていることが公になればまずいことになる。独身同士だから倫理的に何も問題はないが、週刊誌の記者に追いかけられたり、一緒にいる写真を撮られて雑誌に掲載されることになったら、彼女にとってストレスだろう）

依子が一般人である以上、自分が盾になって彼女を守らなくてはならない。

依子が家事代行スタッフとしてマンションに堂々と出入りできるのは、自分たちにとってラッキーだ。しかし二人で外出できず、マンションで逢瀬を重ねるだけというのは、つきあい始めのカップルとしてどうなのか。そんな思いが、伊尾木の胸に渦巻いていた。

（俺が依子の家に行くにしても、記者にあとをつけられてばれるリスクがあるしな。……どうしたものか）

そのときスマートフォンが電子音を立て、メッセージが届いたのがわかる。

手に取って確認すると、依子からだった。〝お仕事お疲れさまです〟という文言のあと、〝今日はフラワーショップの仕事が五時半に終わるので、よかったらお夕飯を作らせていただけませんか〟と書いてある。

それを見た伊尾木は、うれしい反面ふと考え込んだ。

（仕事のあとにわざわざ俺の食事を作ってくれようとするのはうれしいけど、依子の負担になるな）

そうするうちにまたメッセージが届き、〝作り終わったらわたしは帰りますから、一人でゆっくり食べてください〟とスタンプ付きで書かれていて、伊尾木はすぐさま返信した。

〝君さえよければ、家で待っていてほしい〟〝今日は料理を作らなくていいから、夕食はデリバリーにしよう〟――そんな文面を送ると、彼女からＯＫの返事がくる。

伊尾木はスマートフォンを閉じ、面映ゆく微笑んだ。

（今日も会えるなんて、うれしいな。それを励みに生放送を頑張ろう）

リハーサルを終え、ヘアメイクをしたあと、午後五時から放送がスタートする。

途中でＶＴＲの画像が乱れるトラブルがあったものの、どうにかアドリブで修正し、番組を終えることができた。

午後七時半に退勤した伊尾木は六本木ヒルズに立ち寄り、空き時間に注文していた料理をテイクアウトする。

そして午後八時に帰宅した。

「伊尾木さん、おかえりなさい」

「ただいま」

玄関まで出てきた依子が、こちらの荷物を見て目を丸くする。

「もしかして、何か買ってきてくれたんですか？」

「ああ」

生ハムやローストビーフ、鰯《いわし》の酢漬けなどが入ったオードブル、トリッパとひよこ豆の煮込み、サラダや魚介のパエリアなどを見た彼女が、目を輝かせて言った。

「美味しそう。わたし、お皿に移し替えますね」

料理を皿に移し替えるとテーブルが一気に華やかになり、常備菜とチーズも出して、スパークリングワインで乾杯する。

グラスの中身を一口飲んだ依子が息をつき、伊尾木に問いかけてきた。

「仕事のあとにお店に買いに寄るの、大変じゃありませんでしたか？　わたしが作ってもよかったのに」

「空き時間に注文しておいたから、引き取りはスムーズだった。それに仕事の時間外で、君を働かせたくない」

料理はどれも味がよく、〝news Trust〟を見たという彼女と会話が弾んだ。食事のあとに伊尾木が「今日はゲームをしよう」と提案すると、依子が眉を上げて言った。

「伊尾木さん、ゲームなんてするんですか？　ちょっと意外です」

「ストレスが溜まってくると、対戦ものやシューティングゲームなんかで発散してたんだ。今日は依子がいるから、対戦型にしよう」

彼女はゲームの経験がほとんどないというが、操作方法を教えたところ、思いのほか真剣に取り組み始める。

レーシングゲームでは危うく車体がスピンしそうになって悲鳴を上げ、思わず動いてしまう身体や目まぐるしく変わる表情が可愛らしかった。伊尾木が微笑ましく見ていると、依子が情けない顔になってつぶやく。

「コースを逆走すると、どうやって修正したらいいかわかりません。このまま時間切れまで待たなきゃいけないんですか？」

「いや。その場で方向転換ができる、〝スピンターン〟っていうやり方がある。停止中にアクセル、つまりAボタンと、ブレーキのBボタンを同時に押しながらスティックを右か左に倒すんだ。間違えて逆走してしまったときの方向転換に使えるテクニックだけど、実際にやってみせたほうが早い」

彼女の身体を後ろから抱き込み、伊尾木は手を重ねる形でゲーム機を操作して、スピンターンを実践して見せる。すると彼女が興奮した様子で言った。

「わ、すごい。できました……！」

「ああ」

はしゃぎながらこちらを見上げた依子と、間近で目が合う。

吸い寄せられるように口づけると、彼女がじんわりと目元を赤らめた。

「伊尾木さん、ゲームが……」

「そろそろ名前で呼んでくれないか」

「け、慶一さん……」

片方の手で頤《おとがい》を上げ、伊尾木は依子の唇を塞ぐ。

ぬめる舌同士を絡ませ、キスを深くした途端、彼女がくぐもった声を漏らした。ゴトンと音がし、依子の手からコントローラーが落ちる。

ひとしきり貪って唇を離した伊尾木は、吐息が触れる距離でささやいた。

「二日続けて抱いたから今日は我慢しようと思ったのに、全然駄目だな。君から連絡がくると舞い上がって、まんまとこうして触れてしまってる」

するとと依子が、小さな声で問いかけてきた。

「わたしから連絡がきて、うれしかったですか……？」

「ああ。あっさり決意を翻すくらいに」

「わたしも『三日続けて会うのは、伊尾木さんにとって負担かもしれない』って考えたんですけど、どうしても会いたい気持ちを抑えられなくて。想いが募った結果、ご飯を作るくらいなら迷惑にならないかもっていう結論に達したんです。そうしたら、『そのまま家で待っててほしい』っていう返事がきて、うれしくて……。図々しくてすみません」

弁解する彼女を見つめた伊尾木は、目元を緩める。

そして改めて腕の中の華奢な身体を強く抱きすくめながら言った。

「俺は依子が来てくれてうれしかったんだから、謝る必要はない。できるなら毎日だって会いたいくらいだ」

すると依子が「でも」と表情を曇らせる。

「今まで伊尾木さんは、仕事から帰ってきたあとに家で勉強をしてたんですよね？

わたしがいたらお邪魔なんじゃ」

「時間は作るものだし、幸い俺は出勤時間が遅いから、少し早く起きれば何とかなるよ」

彼女の耳朶《じだ》を食み、細い首筋に唇を這わせる。ビクッと身体を揺らした依子が、上擦った声で言った。

「あの、伊尾木さん、わたし……」

「名前で呼ぶんじゃなかったのか？」

「け、慶一さん。わたし、今日は仕事で汗をかいてしまったんです。だから――」

彼女が「シャワーを浴びたい」と言っているのに気づき、伊尾木はクスリと笑う。おもむろに舌先で依子の首を舐《な》めると、彼女が「ひゃっ」と言って飛び上がり、信じられないという顔でこちらを見た。

「け、慶一さん……！」

「確かに少ししょっぱいな。でも俺は全然気にならないから、シャワーは浴びなくて構わない」

「わたしが気にするんです！」

舐められた首を押さえ、いつになく強く主張する依子を見つめた伊尾木は、笑って彼女に提案した。

「――じゃあ、一緒に入ろうか」

「えっ」

「ほら、浴室に行こう」


洗面所とバスルームは依子が週に二回掃除をしてくれるおかげで、いつもピカピカだ。

大きな鏡と人造大理石の洗面台がライトアップされ、まるでホテルのような雰囲気の洗面所で、伊尾木はネクタイを解いてワイシャツを脱ぐ。

ベルトを緩めてスラックスのファスナーを下げると、彼女が気まずそうな面持ちで立っているのが鏡越しに見えた。伊尾木は依子に問いかけた。

「俺が脱がせようか？」

「じ、自分で脱ぎます……」

「じゃあ、先に入って待ってる」

彼女にタオルを手渡した伊尾木は、一足先にバスルームに入る。

バスタブに湯を溜めながらシャワーヘッドを手に取り、しばらくしたところで、依子がタオルで身体を隠しつつ中に入ってきた。

伊尾木は手を差し伸べて彼女を誘《いざな》うと、その腕をつかんで強く引き寄せる。

「あ……っ」

タオルで隠れているとはいえ、明るいバスルーム内では依子の体型の華奢さがよくわかった。

抱きすくめた途端に彼女が身を硬くし、羞恥を感じたようにこちらの胸に顔を伏せようとする。それを押し留め、後頭部をつかんだ伊尾木は、依子の唇を塞いだ。

「ん……っ」

右手にあるバスタブではお湯を溜めている途中で、バスルーム内に白い湯気が立ち込め始めている。

押し入った小さな口腔で舌を絡めるうち、彼女の呼吸が荒くなっていった。互いの間でわだかまっているタオルを足元に落とした伊尾木は、あらわになった胸のふくらみを手のひらに包み込む。

そして弾むような感触を揉みしだくと、依子が手をつかんでそれを押し留めようとした。

「慶一さん、待っ……ん、っ」

覆い被さるように再び唇を塞ぎ、彼女の身体を壁に押しつけてよりキスを深くしていく。

依子の抵抗が弱まり、ただ貪る動きを受け止めるだけで精一杯になった頃、伊尾木は身を屈めて胸の先端を口に含んだ。ふくらみをつかんで尖ったそこに舌を這わせると、彼女がこちらの髪に触れて言う。

「慶一さん、ここじゃ……」

「避妊具なら、持ってきてる。ほら」

棚の上からパッケージを取って見せたところ、依子がかあっと顔を赤らめてつぶやいた。

「どうしてそれが、ここにあるんですか……？」

「君と一緒に入浴して、我慢できるはずがないだろう」

――立ったままでする行為は、とても刺激的だった。

喘《あえ》ぎ声《ごえ》が響くのが嫌なのか、彼女は必死に口元を押さえており、その様子が征服欲を煽る。

思うさま突き上げ、やがて最奥で果てたとき、互いにすっかり汗だくになっていた。

疲労でぐったりしてしまった依子の身体を、伊尾木は丁寧に洗う。そして二人でバスタブに入ると、彼女がこちらに体重を預けてきた。

「ごめん、疲れたか？」

「少し。……でも、大丈夫です」

ほんのり上気した顔が可愛らしく、一度果てたはずの伊尾木の欲望が再び呼び起こされそうになるのを感じる。

それを意志の力でぐっと押し殺し、依子の髪に口づけてささやいた。

「君に提案しようと思っていたことがあるんだが。――今度、一緒にどこかに出掛けないか？」

すると彼女がびっくりした顔で「えっ？」と言う。

「でも、外に出たら週刊誌の記者に写真を撮られてしまうんじゃ……」

「その可能性は高い。だから俺だとばれないように、完璧に変装するつもりだ。普段どおりの顔というわけにはいかないけど、君のしたいことを何でもしよう」

それを聞いた依子が、慌ててこちらに向き直る。

バスタブの中の湯が大きく波打つ中、彼女は首を横に振って言った。

「そんな、気を使ってくれなくていいです。わたしはこのマンションで一緒に過ごせるだけで、全然不満はありませんから」

「俺が嫌なんだ。もっと依子を愉しませたいし、喜んでいる顔を見たい。普通の〝恋人同士〟のように振る舞いたいと思ってる」

彼女が思いがけないことを言われたように、何ともいえない表情になる。

それを見た伊尾木は、微笑んで言葉を続けた。

「本当は記者にばれても構わない。俺にとっての依子が、大切な恋人であることは事実だから」

「……慶一さん」

「でもそうなったら、君の身辺を根掘り葉掘り探ろうとする者や、話を聞こうとして付《つ》き纏《まと》う者も現れるだろう。そういう事態は避けたいし、見世物にする気は毛頭ない。だから俺だとわからないように変装した上で出掛けることになるから、普通のデートとは違うかもしれないけど」

伊尾木は一旦言葉を区切り、依子に問いかけた。

「依子はそういうのは嫌か？　もし記者に写真を撮られるのが怖い、だからこのマンション以外で俺に会いたくないっていうなら、その意思を尊重するよ」

すると彼女は、じんわりと頬を染めて伊尾木を見る。そして小さな声で言った。

「慶一さんと一緒に……外に出掛けてみたいです。普通のカップルみたいに」

「よかった。君の次の休みはいつになる？」

依子の休日は不定期で、平日のいずれかだ。

今週の休みは明日の金曜だというが、伊尾木は帰宅が午後七時半になる。

（仕事が終わってから出掛けるのは、ちょっと時間が遅すぎるな。食事くらいしかできない）

そう考えていると、彼女が「あの」と言ってこちらを見た。

「土曜日はフラワーショップの仕事が、夕方の五時半に終わるんです。慶一さんはその日お休みですから、それからはどうですか？」

「じゃあ、土曜日の夕方に待ち合せて出掛けるか」

「はい」

依子がうれしそうに笑い、それを見た伊尾木も心が浮き立つのを感じる。

彼女の身体を引き寄せると、目の前で形のいい胸が揺れた。それにキスをした伊尾木は、上目遣いに依子を見つめて言う。

「明日仕事が休みなら、今夜はうちに泊まっていけるだろう？」

「でも……慶一さんは、お仕事があるんじゃ」

「大丈夫だ」

清楚な色の先端を舐め、吸い上げると、彼女が「あっ」と声を漏らす。

敏感なそこはすぐに芯を持ち、みるみる硬くなった。依子が息を乱しながらこちらの髪に触れ、潤んだ瞳でささやく。

「あの、ここじゃ……もう茹だってしまいそうで」

「そうだな。じゃあ、ベッドに行こう」

第六章

十一月ともなると夜は気温がぐっと低くなり、肌寒さを感じるものの、日中は二十度前後と過ごしやすい気候になっている。

土曜日の朝、地下鉄に乗って出勤しながら、依子はわくわくとした気持ちを押し殺した。

(慶一さんと外に出掛けられるなんて、楽しみ。どこに行くのかな)

一昨日の夜、伊尾木が突然「一緒に外に出掛けよう」と提案してくれたとき、依子はうれしかった。

有名人である彼は、外に出ると雑誌の記者などの気配を感じることがときどきあるという。一般人からも声をかけられる機会が多いといい、これまで依子と会うのは伊尾木のマンションに限られていた。

彼と一緒に映画や海外ドラマを見たり、ゲームをするのは楽しかったが、〝家の中だけ〟という閉塞感があったのは否めない。そんな中、「外に出掛けよう」という提案をしてくれたことは、依子にとってうれしいサプライズだった。

これまで伊尾木と外で会ったことはなく、自分たちはいわば秘密の関係だ。しかし普通のカップルのようにデートができるのだと思うと、楽しみで仕方ない。

(慶一さん、変装してくるって言ってた。一体どんな恰好をしてくるんだろ)

ここ最近のフラワーショップChouetteのラインナップは、秋色の花が多い。ニュアンスカラーの秋バラや多彩な種類があるダリア、南半球からやってきたワイルドフラワー、秋色アジサイなど、依子はそれぞれの美しさを愛《め》でながら水揚げをし、余分な枝葉を落として手入れをする。

そして新入荷のフラワーベースの梱包を解き、ひとつずつ検品した。チーフの中村《なかむら》に相談しながらそれらをディスプレイしたり、客の要望に応じて花束を作ったり、床に散らかった葉や枝を掃除したりと、忙しく過ごす。

昼の休憩明けに店の外に出て、入り口付近の商品を整えていた依子は、ふいに背後から呼びかけられた。

「……掛井?」

驚いて振り返ると、そこに立っていたのは同年代の男性だった。

黒いTシャツの上に白のカウチンを羽織り、チノパンを穿《は》いた彼の顔には、見覚えがある。依子は眉を上げ、小さく問いかけた。

「……もしかして、最上《もがみ》くん？」

「ああ。久しぶりだな」

彼――最上司《つかさ》は、依子の高校時代の同級生だ。

明るい性格の最上はクラスのムードメーカーで、卒業後は専門学校に行ったと聞いていた。ちなみに依子が初めてつきあった相手だが、わずか三ヵ月で別れたという過去がある。

栗色の髪で人好きのする顔立ちの彼は、快活に笑って言った。

「何か見覚えがあるなと思って見てたら、掛井だってわかってびっくりしたよ。元気だったか？」

「うん。おかげさまで」

最上が依子の背後の店舗を興味深そうに眺めてつぶやいた。

「この花屋で働いてるんだな」

「うん。四年くらい前から」

依子が「最上くんは？」と問いかけると、彼は自身の首から下げた一眼レフカメラを手にして答えた。

「俺は今、カメラマンをやってるんだ。今も仕事の途中」

「ふうん、すごいね」

しばし互いの近況を語り合ったものの、今は勤務中だ。

チラリと店内を気にするしぐさでそれがわかったのか、最上が言った。

「仕事中にごめんな、話しかけたりして。俺、何か商品を買うよ」

「そんな、気を使わないで」

「いいから、いいから」

彼は店内に入り、目についたダリアを二本買ってくれる。依子が梱包して商品を手渡すと、最上が笑って言った。

「サンキュ。また近くに来たら、寄らせてもらうよ」

「ありがとうございました」

彼が去っていき、それを戸口で見送った依子は、ホッと息をつく。

数年ぶりの最上との再会に、妙に感慨深い気持ちになっていた。

(職業がカメラマンなんて、すごいな。確か高校時代も、やたら写メを撮りたがる人だったっけ)

店内に戻った依子は雑務をこなし、やがて午後五時半の退勤時間になる。

バックヤードでゴミを袋にまとめたあと、それを手にまだ残っているスタッフたちに向かって挨拶した。

「お先に失礼します」

「お疲れさまでした」

ゴミ袋を所定の場所に捨てに行き、事務所のロッカーを開けた依子は、メイクを直し始める。

いつもは動きやすさ重視の服装で出勤しているが、今日は仕事のあとのデートに備え、シフォン素材のブラウスとセンタープレスのパンツというきれいめな恰好をしていた。

髪をまとめ直し、シルエットを入念にチェックした依子は、建物の裏口から外に出る。そして待ち合わせ場所である六本木駅傍《そば》のコンビニエンスストアに向かい、約束の五分前に到着した。

(慶一さん、いない……。まだ来てないのかな)

もしかしたら、何かメッセージがきているかもしれない。

そう思い、依子がバッグからスマートフォンを取り出そうとした瞬間、ふいに真横に一人の男性が立つ。

自分と同じように待ち合わせなのかと考えた依子は、さりげなく彼と距離を取った。

するとその人物が、ボソリと言う。

「――依子、俺だ」

「えっ？」

驚いて顔を上げると、その人物はカーキ色のＭＡ－１ジャケットに黒いフーディーとスキニーパンツを合わせた恰好で、裾からチラリと見えるインナーの白シャツと厚底スニーカーが服装のアクセントになっていた。

頭にフードをすっぽり被り、マスクで顔半分を隠した人物をまじまじと見た依子は、小さく問いかけた。

「慶一さん……？」

「ああ。隣にいるのに、何で気づかないんだ」

「だって、いつもとは全然違うので」

普段は仕立てのいいスーツを着こなし、髪をセットしていかにもアナウンサーらしい出で立ちの伊尾木だが、今日は雰囲気がまったく違う。

前髪を下ろしてカジュアルな服装の彼は、五歳以上若く見えた。おそらく誰が見ても、この男性がアナウンサーの伊尾木慶一だと気づかないに違いない。

依子はすっかり感心して言った。

「『変装する』っていうから一体どんな感じなのかと思ってましたけど、すごく意外です。全然気づきませんでした」

「普段とは真逆の服装だからな」

声を聞けば伊尾木だとわかるが、まるで知らない人を前にしているようで、ドキドキする。

土曜日の午後六時、駅周辺は行き交う人と車が多くにぎわっていた。彼が周囲にさりげなく目を配りつつ、依子に言う。

「とりあえず、タクシーで移動するか」

「どこに行くんですか？」

「青山《あおやま》だ」

夕方で混み合う道路をタクシーで走って約十分、表参道《おもてさんどう》に降り立つ。

この辺りは家事代行の仕事でときどき訪れるが、店に入ることはほとんどない。夜風に吹かれた依子が後れ毛を押さえると、伊尾木がふいに「ほら」と手を差し伸べてきた。

「何ですか？」

いきなりぎゅっと手を繋がれ、依子の頬がじんわりと熱くなる。

そのまま歩き始めた彼に、依子はヒソヒソと言った。

「慶一さん、こんなの誰かに見られたら……」

「大丈夫。気づいてない」

伊尾木の手は大きく、さらりと乾いていて温かった。

思いがけず親密な態度を取られ、依子はどんな顔をしていいかわからなくなる。だが決して嫌ではなく、不意打ちのように恋人らしい行動をしてくれる彼に、胸がきゅんとしていた。

伊尾木が足を踏み入れたのは、多数のアパレルブランドやレストランが軒を連ねる表参道ヒルズだった。彼は依子と手を繋いで歩きながら、ライフスタイル雑貨店で品物を見たり、気になったショップに足を踏み入れる。

そして男物の靴を手に取り、店員に向かって言った。

「すみません。これ、試着できますか？」

「はい。こちらでどうぞ」

革靴を一足買った伊尾木は、次いでアパレルショップで足を止める。

店頭に飾られたワンピースを見た彼は、依子に言った。

「依子に似合いそうだ。ちょっと当ててみて」

「えっ、そんな、わたしは……」

「いいから」

ベージュのカシュクール風のワンピースはストンとした落ち感のある生地で、身体の線がきれいに出るデザインだ。

伊尾木は何着か依子の身体に当て、店員が「こちらもいかがですか」と勧めてくるものも手に取る。

「いいな。全部買おう」

「ま、待ってください。わたしは今、持ち合わせがなくて」

商品はどれも数万円の値札がついていて、気軽に買えるようなものではない。

そもそも生活を切り詰めて実家に仕送りをしているため、依子は自分のおしゃれに金を使う余裕がなかった。

しかし彼は財布からカードを取り出し、店員に「これで」と告げる。彼女がレジに向かって去っていったあと、依子はひそめた声で言った。

「困ります。あんな高い商品を五着も買うなんて」

「プレゼントなんだから、気にするな。これまで外に連れていってやれなかったことへの、罪滅ぼしだよ」

いくらプレゼントだとはいえ金額が高すぎて、依子は気後れする。

しかし伊尾木はそのショップを出た途端、「この服に合う小物も買わないとな」と言って他の店を巡り、高価なバッグと靴も相次いで購入してしまった。

商品が入った紙袋を手に、依子は内心の戸惑いを押し殺す。

（わたしのためにこんなに買って、慶一さんのお財布は大丈夫なの？　確かに番組のメインキャスターをやるようなアナウンサーで、収入は多いのかもしれないけど……）

彼の住まいは一等地のタワーマンションで、あの家賃を払うだけでも大変なのではないか。

それに加え、家事代行を月に八回頼むのも、相当な出費のはずだ。そんなふうにモヤモヤと考える依子をよそに、伊尾木が施設を出て往来を歩きつつ言う。

「買い物も済んだし、銀座《ぎんざ》まで移動して食事しよう」

「あ、あの、今日はもう帰りませんか？　誰かに気づかれてしまうかもしれませんし」

たとえ変装していても、彼の頭の小ささやスタイルのよさ、整った顔立ちはわかるらしく、一緒に歩いているところをチラチラと見る女性の視線を何度か感じた。

さすがに伊尾木慶一だとはばれていないようだが、おそらくモデルか芸能人だと思われているに違いない。

もし興味本位で近づいてきた人間に素性がばれたらと想像し、依子はヒヤヒヤしていた。

（それに……）

今の流れだと、伊尾木は食事の代金も当然のように支払うはずだ。

これ以上彼にお金を使わせたくない依子は、このまま帰宅したいと考えていた。だが伊尾木は、さらりと言う。

「店はもう予約してあるんだ。だから行こう」

タクシーが向かったのは、銀座の日本料理店だった。

立派な門構えからよく手入れされた日本庭園が垣間見え、その店構えに動揺した依子は、彼に向かって告げる。

「慶一さん、こんなすごいお店、わたしにはふさわしくありません。それに今日の慶一さんの服装も、お店にそぐわないんじゃ」

すると伊尾木は玉砂利が敷かれた小道を進み、建屋に向かいながら答えた。

「心配ない。ここは父の馴染みの店で、俺も昔からよくしてもらってる。変装で店を訪れる理由も事前に説明済みだし、個室を予約してるから、人目を気にする必要がないんだ」

中に入ると、着物姿の女将《おかみ》が「お待ちしておりました」と言って微笑み、すぐに個室に案内してくれる。座敷に入り、座布団に腰を下ろした伊尾木がマスクを取ると、彼女がにこやかに言った。

「伊尾木さま、三ヵ月ぶりでございますね。いつもご活躍をテレビで拝見しております」

「ありがとうございます」

「お連れさまは、苦手な食材などはございませんでしょうか」

話を振られた依子は慌てて居住まいを正し、答える。

「は、はい。何もありません」

「さようでございますか。ただいまお水とおしぼりをお持ちいたしますので、少々お待ちください」

襖《ふすま》が閉まり、依子は掛け軸が掛かった床の間や飾られた華やかな生け花を、気後れしつつ眺める。

こうした店に入るのが初めてで、ひどく緊張していた。店構えや個室の洗練された内装からすると、ここは相当値の張る店なのだろう。

今日は行く先々で予想外の伊尾木の経済力を見せつけられ、困惑している。するとそんな気持ちを察したのか、彼が口を開いた。

「そんなに緊張しないでくれ。もしかして、支払いを気にしてるのか？」

「……はい」

「実は俺には株の配当金収入があって、それで生活できるくらいなんだ。父親が伊尾木製薬という会社を経営していて、株式を生前贈与してもらってる」

確かに以前伊尾木について調べたとき、〝伊尾木製薬の社長の長男〟という文言があったのを、依子は思い出す。

彼いわく、伊尾木製薬は戦前から続く企業で、業界でも大手であり、株の時価総額はかなりのものらしい。

現在の彼には働かなくても困らないほどのお金が入ってくるが、今までは仕事が忙しく、使う暇がなかったのだという。

（……だからあんなすごいタワーマンションに住んでるんだ）

しかしふと疑問がこみ上げ、依子は伊尾木に質問した。

「慶一さんは、お父さまの後を継ごうとは思わなかったんですか？　ご実家がそんなに大きな会社を経営されてるのに」

「弟がいて、彼が会社を継ぐ予定なんだ。俺の出る幕はない」

「弟さん……」

「俺は長男だけどちょっと事情があって、後継ぎになるという選択肢が昔からなかった。今はアナウンサーという好きな仕事ができて、満足してる」

〝後継ぎにならない事情〟がどんなものなのか、依子にはまったく想像がつかない。だが深く聞くのは失礼な気がして、それ以上は追求しなかった。一方で彼が大企業の御曹司で、経済的に裕福であることを知り、何となく尻込みする気持ちがこみ上げる。

（つくづく慶一さんって、ハイスペックだよね。元々すごいおうちの御曹司で、自分の力でアナウンサーになって、人気なんだもん。それに加えてこの容姿だし）

こんな伊尾木の傍にいるのが自分では、まったく釣り合っていない。芸能人や同じアナウンサーのほうが、よほど彼にふさわしいのではないか。

先ほど買い物をしたショップも足を踏み入れたのが初めてで、もしかすると場にそぐわない態度を取ってしまっていたかもしれず、心がシクリと疼いた。

しかし今日は彼がわざわざ企画してくれたデートで、暗い顔をしていたら罰が当たる。そう考えた依子は無理やり気持ちを切り替え、笑顔を作って言った。

「お料理、どんなものが出てくるか楽しみです。こういうお店は旬の素材を使うんですよね」

「ああ。酒も頼もう」

やがて和服姿の従業員に運ばれてきた先付けは、滋味豊かなだしに浸した雲丹豆腐《うにどうふ》、前菜は湯葉の紫蘇和《しそあ》えや蟹身の砧巻《きぬたま》き、海老と高野豆腐の炊き寄せなどで、盛りつけが美しかった。

松茸を使った椀物や刺身の盛り合わせなどに舌鼓《したつづみ》を打つうち、個室ということもあってだいぶリラックスしてくる。

揚げ物や焼き物、茶蕎麦《ちゃそば》まで食べるとだいぶ満腹に近くなり、デザートのほうじ茶プリンを前に依子は感嘆のため息をついた。

「懐石料理のコースは初めて食べましたけど、どれも本当に手がかかっていて勉強になりました。わたしの作るものは、普通の家庭料理ですから」

「俺は依子の料理が好きだよ。いつも野菜が豊富で、味付けの具合がちょうどいい。こういう店で出すものは、基本的にカテゴリが違うんじゃないかな」

「そうですね」

店を出る際、伊尾木は当然のように支払いをしてくれ、ほろ酔い気分の依子は申し訳ない気持ちでいっぱいになる。

フードを被り、マスクで顔半分を隠した彼は道行く人に気づかれておらず、手を繋いで歩きながら甘酸っぱい気持ちを押し殺した。

（たぶんわたしはこの人に釣り合っていないし、いつまでこうして優しくしてもらえるかはわからない。でも、今は……）

今だけは、〝恋人同士〟という関係に溺れてもいいだろうか。

そんなふうに考えていると、伊尾木がこちらを見下ろして言う。

「本当はこのままラグジュアリーホテルに連れていきたいところだけど、さすがに今日のこの恰好ではラフすぎて無理だ。少しグレードを落として、シティホテルでいいかな」

「えっ、あの……はい」

どぎまぎして答えながら、依子はじんわりと頬が熱くなるのを感じる。

（……ホテルに行くんだ）

交際中のカップルなら当たり前なのかもしれないが、できるだけ人目につきたくないと考えているはずの彼がそんなことを言うのは、正直意外だった。

日本料理店を出たあと、雑多な匂いのする街中を手を繋いで五分ほど歩く。やがて到着したのは、駅に程近いところにある都会的な外観のホテルだった。

一階から直通エレベーターを使って四階のフロントに向かい、チェックインする。

伊尾木がリザーブしたのは、高層階にある二番目にグレードの高い部屋だった。

「……すごい」

広々とした部屋とクールでモダンなインテリアに思わずつぶやきを漏らすと、彼がカードキーをテーブルに置いて言った。

「せっかくのデートだから、もっとちゃんとしたところに連れていってやりたかったんだけど。変装でカジュアルな恰好をしてしまったばかりに、すまない」

「そんな、充分素敵なお部屋です。今日行ったところはどこも初めての場所ばかりで、もし何か粗相をしてしまっていたらすみません」

すると伊尾木が、こちらの腰をやんわり抱き寄せて微笑む。

「全然粗相なんてしてないから、心配するな。それより俺は君を、上手く愉しませられていたか？　もし疲れさせていたのなら……」

「すごく楽しかったです。今までは仕事で手一杯で、ああいう華やかな場所に行ってショッピングすることなんてありませんでしたから……。慶一さんにたくさんお金を使わせてしまって、すみません」

「君が喜んでくれるなら、金はまったく惜しくない」

こちらを見下ろす彼は前髪を下ろしているおかげで若く見え、依子は「ふふっ」と笑う。

「慶一さん、そういう髪型をしてるとすごく若く見えますね。何だか新鮮です」

「確かに風呂上がりも、癖で前髪を上げてることが多いからな」

伊尾木が触れるだけのキスをしてきて、整った顔を間近に見た依子は、じんわりと頬を染める。

彼が再び唇を塞ぎ、舌先が口腔に忍んできて、依子は甘い吐息を漏らした。ぬめる感触が心地よく、酒気を帯びていた頭が次第にぼうっとしてくる。

やがて唇を離されたとき、すっかり呼吸が乱れていた。互いの間を繋ぐ透明な唾液の糸を舐め取った伊尾木が、依子の上気した頬を撫でて問いかけてくる。

「すぐにベッドに行くか？　それともシャワー？」

「シャワーを……」

「じゃあ、全身きれいに洗ってやる」

――その言葉どおり、ガラス張りのバスルームでさんざん乱されながら身体を洗ってもらった依子は、その後ベッドで丁寧に愛される。

感じやすいところを知り尽くした彼に翻弄され、挿入される前にぐったりした依子は、腕を引いて身体を起こされた。そして伊尾木の腰を跨《また》ぐ形で彼を受け入れさせられ、声を上げる。

「あ……っ」

下からの律動に揺らされ、声を抑えることができない。

ときおり彼が漏らす熱っぽい吐息に色気があり、熱情を押し殺した眼差しで見つめられるだけで、理性を灼《や》かれる気がした。

「好き……慶一さん」

「……ああ、俺もだ」

吐息交じりのささやきに体温が上がり、思わず中を締めつけた瞬間、伊尾木がぐっと息を詰める。

腰をつかんで律動をさらに激しくされ、依子は彼の動きに翻弄された。疲れ果ててそのまま朝まで眠ってしまい、目が覚めたときは見慣れない部屋に慌てたものの、家事代行の仕事は午前十時からでどうにか間に合いそうだ。

午前七時、シャワーを浴びて慌ただしく身支度を整える依子に対し、伊尾木が言った。

「どうせ午後からは、うちの家事代行だろう。終わったらそのまま夕食を一緒に食べよう」

「いいんですか？」

「もちろん、最初からそのつもりだ」

伊尾木とデートしたことでより愛情が深まり、どんどん彼と過ごす時間が増えていくことが、依子はうれしくてたまらない。

その後ホテルをチェックアウトし、仕事の前にクオド・アソシエイツの制服や作業報告書のファイルなどを取りに自宅に戻るという依子を、仕事が休みの彼がタクシーで送ってくれることになった。

いつもより比較的空いている道路を走り、十五分ほどで小伝馬町駅近くにある自宅アパートの前まで来る。すると伊尾木が、こちらを見て言った。

「じゃあ、午後一時にうちに来るのを楽しみにしてる」

「あくまでも〝仕事〟でお伺いするので、作業中は無駄話はしませんから」

釘《くぎ》を刺す依子を見つめ、彼が噴き出して答えた。

「ああ、わかった」

伊尾木がマスクの下でキスしたそうに目を細めるのがわかり、それを見た依子の胸がきゅうっとする。

触れ合えない代わりに手のひらを甘く握り合わせ、彼がささやいた。

「――じゃあ、仕事頑張ってくれ」

「はい。送っていただき、ありがとうございました」

＊　＊　＊

キー局のアナウンサーである伊尾木は、現在自身がメインキャスターを務める番組でニュース原稿を読む仕事がメインだが、ときどき現地リポートや司会などの仕事が舞い込むことがある。

その日、伊尾木は制作部のスタジオに入り、ドキュメンタリー番組のナレーション収録をしていた。制作部はいわゆる〝テレビらしい〟仕事をするところであり、一日として同じ仕事はない。ディレクターが中心となって番組の企画立案から取材、収録業務を行っている部署だ。

今回の番組は現代アートをテーマにしていて、現在日本で活躍しているアーティストや美術館のキュレーター、ギャラリスト、コレクターやオークショニアたちに焦点を当て、業界の現在地や今後の展望、抱えている課題などを尋ねて、日本のアートの未来を探る内容だった。

ナレーションはニュース原稿を読むのとは違い、何を伝えたいのかを考えながら上手く抑揚をつけ、正しいイントネーションで話さなくてはならない。

視聴者の邪魔にならない程度に感情を入れ、映像と原稿のイメージを崩さずに声を当てるには、テクニックが必要だ。

ディレクターの「もう少し明るく」「ゆったりとした調子で言ってみてください」といったリクエストに応えながら何パターンか仮録りをし、方向性を定める。

やがて一時間番組の収録を終え、「OKです。ご苦労さまでした」という言葉を聞いた伊尾木は、ホッと息をついた。

「伊尾木くん、すごくよかったよ」

ディレクターに言われた伊尾木は、にこやかに応える。

「ありがとうございます」

「映像チェックが終わるの、たぶん明日かな。そのときに声をかけるから」

「わかりました」

アナウンサー室に戻りながら、伊尾木はこのあとの段取りを考える。

火曜日である今日は夜に予定があり、依子には会えないため、朝のうちにその旨をメッセージで伝えていた。最後に会ったのは一昨日の日曜で、その前日に出掛けたことを思い出し、ふと笑みがこぼれる。

（先週の土曜日は、思いきって外に出掛けてよかったな。彼女にいろいろプレゼントもできたし）

いつもとは真逆のカジュアルな恰好で変装し、マスクで顔半分を隠して歩くのは少々窮屈だったが、依子との初めてのデートはとても充実した気持ちになった。

気になる商品を手に取ってあれこれ意見を言い合い、依子に似合う服を試着してもらったり、人目を気にせずに個室で食事をするのは思いのほか楽しく、いつしか時間を忘れるほどだった。

せっかくの機会なのだから一流ホテルに宿泊したかったが、ラフな恰好だったために断念し、きれいめなシティホテルにしたものの、依子は喜んでくれていた。

彼女は伊尾木がプレゼントした物の値段に恐縮していたが、こちらの厚意を当たり前のような顔をして受け入れないところに好感が持てる。伊尾木が父親の会社の株を生前贈与され、それだけで充分暮らせるほどの配当金があることを明かしても、彼女はまったく態度を変えなかった。

（昔から俺に近づいてくる女は、打算の匂いがプンプンしてたけど。……依子は違う

んだよな）

依子は伊尾木が有名なアナウンサーだと知っても、大企業の社長の息子だと知っても、決して色めき立ったりはしない。

そうした部分に安らぎを感じ、伊尾木は加速度的に彼女に心惹かれていた。常に一緒にいたいと思い、別れ際は離れがたい思いが募る。

いっそ自分のマンションで一緒に暮らしたいくらいだが、まだつきあい始めたばかりだということを考慮し、口に出すのを自重していた。

（駄目だな、少し気持ちをクールダウンさせないと。浮かれていたら、いつ記者に嗅《か》ぎつけられるかわからない）

依子にも生活があるのだから、あまり頻繁に呼びつけては彼女の負担になってしまう。

そう考えた伊尾木は、昨日はメッセージを送るだけに留めていた。火曜日である今日は予定があって依子に会うことができず、「適度な距離を保つにはちょうどいい」とは思うものの、物足りなさを感じるのは否めない。

こんなにも恋愛に嵌《は》まり込《こ》んでいるのが意外で、伊尾木はしみじみと感慨をおぼえた。大企業の社長の息子でそれなりの容姿を持っている伊尾木には、昔から自然と異性が寄ってくる。

偏差値の高い有名な大学に入学してからは告白される機会がさらに多くなったが、どんな相手も〝周囲に自慢できる彼氏が欲しい〟という下心が透けて見え、内心辟易していた。

だが伊尾木のほうも人当たりのいい人間を演じ、交際相手にも決して本音を見せなかったのだから、きっとお互いさまなのだろう。これまで恋愛に価値を見出《みいだ》せなかった自分が、依子にすっかり夢中になっている現状は予想外だったが、決して嫌ではない。

アナウンサー室に戻った伊尾木は、今日のニュースの原稿を読み込み、リハーサルに参加する。そして滞りなく本番を終え、午後七時二十分に退勤した。

それからタクシーに乗り込んで向かったのは、青山の閑静な住宅街だ。隠れ家的なフレンチレストランの前で車を停《と》め、ライトアップされた美しい庭園を横目に中に入る。

名前を言って通されたのは、奥の個室だった。そこには既に一人の女性がいて、こちらを見て婉然《えんぜん》と微笑む。

「意外に早かったのね。もう少しかかるのかと思ってた」

「早く上がってきたんだ。待たせたら悪いと思って」

「ふふっ、感心ね」

女性は年齢不詳で、三十代にも四十代にも見える。肌が透きとおるように白く、長い睫毛《まつげ》に縁どられた切れ長の目元が蠱惑的で、きれいに通った鼻筋や赤い唇が何ともいえず美しい。

体型はすんなりと細く、それでいて胸や腰には女性らしい丸みがあり、シンプルなワンピースが優雅さを引き立てていた。艶やかな黒髪は適度な緩さを出しながら後ろでまとめ、細い首元には存在感のあるジュエリーがきらめいている。

(……相変わらずきれいな女だな)

テレビ局に勤務していると女優やアイドルなどを見かけるのは日常茶飯事だが、伊尾木は目の前の彼女を超える人物に今まで一度も会ったことがない。

店員が部屋に入ってきて、飲み物のオーダーを聞いてきた。伊尾木はワインリストを眺め、女性に問いかける。

「ワインのボトルを入れようか。せっかく誕生日なんだし」

「ええ」

店員が去っていき、伊尾木はビジネスバッグの中から小さな包みを取り出すと、それをテーブルに置いて告げた。

「これ、プレゼント。藍子《あいこ》さんの趣味に合うかわからないけど」

「何かしら。開けてもいい？」

伊尾木の了承を取った彼女は包装を解き、ビロードの箱を開ける。

中に入っているのは、ホワイトゴールドにきらめくダイヤをあしらった、ハイジュエリーブランドのブレスレットだった。藍子が目を輝かせ、うれしそうに言う。

「〝aves《アウィス》〟の新作ブレスレット？　きれい」

「ああ。もし既に持ってたらって、迷ったんだけど」

「ううん、気になっていたけど、まだ買ってなかったの。ふふ、うれしい」

彼女に「ありがとう」と言われ、伊尾木は微笑む。

こうしてプレゼントをする機会はたびたびあるが、藍子はいつも無邪気に喜んでくれた。今回用意したものはかなり値の張る品だったが、彼女には生半可な物はあげられず、仕方がないと割りきっている。

藍子が細い手首にブレスレットを着け、こちらに見せて言った。

「どう、似合う？」

「似合うよ」

「もっと褒めて」

「藍子さんよりそれが似合う女は、他にいない」

淡々とした抑揚のない口調で言ってやると、彼女が噴き出しながらこちらを見た。

「そんな興味なさそうに言われてもね。あなた、相変わらず外では猫を被ってるんでしょう？　このあいだ、久しぶりにnews Trustを見たわ」

「ああ」

藍子は伊尾木の素の顔を知る、数少ない人物だ。そしてこうして人目を忍んで会うくらいに、大切な人間でもある。

(……依子には言ってないけどな)

彼女に言えないことを抱えている事実に、伊尾木の中で罪悪感が疼いた。

いずれ藍子との関係を言わなくてはならないときが来るかもしれないが、そのタイミングは慎重に見極めるべきだ。それまでは申し訳ないが黙っているしかないのだと、伊尾木は心の中で結論づける。するとそれを見咎めた彼女が、不満そうに口を開いた。

「私といるときに考え事をするなんて、いい度胸じゃない。しかも今日は誕生日なのに」

「悪かった。お詫びにとことんつきあうから、機嫌を直してくれ」

やがて運ばれてきたモダンフレンチは、盛りつけも味も素晴らしかった。鴨肉《かもにく》のテリーヌやスモークサーモンのミキュイ野菜添え、ロブスターのグリルなどを愉しみながら、互いの仕事の話で盛り上がる。

そのあいだ、彼女はどんどんワインのグラスを空けた。元々かなりの酒好きだが、今日は誕生日ということもあって箍《たが》が外れてしまったらしい。

二時間が経つ頃にはすっかり酔っ払ってしまい、伊尾木は呆れ果てて言った。

「飲みすぎるなって忠告したのに、そんなに酔っ払って。明日の仕事に差し支えたらどうするんだ」

「大丈夫よー。私を誰だと思ってるの」

「大丈夫じゃないだろ。これから武田《たけだ》さんを呼ぶから、ちょっと待ってろ」

伊尾木はスマートフォンを操作し、武田という男性に電話をかける。

藍子が泥酔したと説明すると、彼は恐縮して「すぐに迎えに行きます」と言った。先に会計を済ませて十五分ほど経った頃、店のスタッフが武田の到着を告げる。

伊尾木は藍子の身体を支え、裏口から外に出た。

「ほら、ちゃんと歩いてくれ」

「んー、慶一、愛してる」

「ちょっ……！」

正面から体当たりをするように首にぎゅっと抱きつかれ、伊尾木はよろめきながら咄嗟にそれを受け止める。

彼女がつけている香水の匂いが、鼻先にふんわりと漂った。こちらにしがみつく腕に力を込め、藍子が言う。

「私がどれだけあなたを愛してるか、言葉では言い尽くせないくらいよ。こんなふうに人目を忍んでコソコソせず、一緒に外を堂々と歩けたらいいのに」

伊尾木はため息をつき、彼女の肩をつかむ。そしてその身体をやんわり自分から離しつつ、諭す口調で言った。

「それはできないんだって、藍子さんが一番よくわかってるだろ。飲みすぎなんだよ、酔っ払い」

「まだ帰るには早いんだから、もう少し一緒に飲んでよ。だってまだ十一時にもなってないでしょう」

するとすかさず武田が会話に割り込み、藍子に向かって告げた。

「藍子さん、いけません。明日は朝一の便で中国に行くんですから、もう帰って寝ていただかないとお肌に悪いですよ。伊尾木さん、わざわざご連絡ありがとうございました。ここからは僕が引き受けますので」

武田は眼鏡を掛けた神経質そうな容貌の四十代の男性で、藍子の肩に手を掛けながらこちらに謝罪してくる。伊尾木は苦笑して言った。

「こんな時間にお呼び立てして、申し訳ありません。僕が自宅まで送っていくといろいろ差し障りがあるかもしれないので、武田さんにお電話しました」

「ええ、賢明なご判断です。助かりました」

彼が藍子を車の後部座席に乗せ、ドアを閉める。そして伊尾木に向かって頭を下げた。

「では、これで失礼します」

「お疲れさまです」

武田が運転する車が緩やかに走り去っていくのを、伊尾木は往来に佇《たたず》んで見送る。ひんやりとした夜風が吹き抜けていき、にわかに肌寒さを感じた。「自分もタクシーを拾って帰ろう」と考えた伊尾木は、通りに向かって歩き出しながら考える。

（早々に酔い潰れてくれて、かえって助かったかもな。これから別の店で飲むとなったら、何時に帰れるかわからないし）

プレゼントを喜んでくれた藍子の顔を思い浮かべ、伊尾木はわずかに頬を緩める。

パッと見は近寄りがたいほどの美貌を持つ彼女だが、ああいうときは本当に素直で可愛い。

（さて、帰ったらいくつか調べ物をしないと。最近は何かと忙しいから、やれるときにやっておかなければ、あとで追い込まれる）

ニュースキャスターは、常に新しい情報をインプットし続けなければ時流についていけない。

スタジオに呼ぶ専門家に的確な質問を投げかけるには、そのニュースの本質を正しく理解することが必要だ。毎日いくつも新しいニュースが出てくるが、それらを万遍なく把握するため、意識して知識を取り入れていかなければならない。

一人になると、無性に依子に会いたくなった。時間的に、彼女はもう寝ている頃だろうか。明日は水曜日で、依子が家事代行でマンションに来る日だと思うと、心がじんわりと温かくなる。

乗り込んだタクシーが走り出し、車窓から流れるビル群を見つめながら、伊尾木はシートに背を預ける。そして自宅マンションに着くまでのあいだ、束《つか》の間《ま》疲れた目を閉じた。

第七章

フラワーショップの仕事は早番と遅番のシフト制で、早番のときは朝八時半までに出勤しなければならないため、必然的に早く起きることになる。

水曜日である今日は午後から伊尾木宅の家事代行を予定しており、珍しく午前中は仕事を入れておらず、ゆっくりできるはずだった。

しかし朝の六時半に店長の島村からメッセージが届き、内容は「急な話で悪いけど、今日半日でも出勤できない？」というものだった。

どうやら店のスタッフの一人に身内の不幸があり、急に休むことになったらしい。慢性的な人手不足でいつもギリギリの人数で回している上、今日は島村が展示会の設営で外に出るため、店舗の人数が足りないのだという。

依子は少し考え、「午後一時から家事代行の仕事が入っているので、お昼までだったら出勤できます」と返信する。すると「じゃあ正午まででいいから、お願いできる？」というメッセージが届き、慌てて出勤準備をした。

（今日はちょっとのんびりできるかと思ってたけど、なかなか上手くいかないな。で

からない。

もお店が困ってるって聞いたら、無視できない）

幸いフラワーショップから伊尾木のマンションまでは徒歩圏内で、移動に時間がからない。

もし店が混み合っている場合は、十二時半くらいまで働くのも可能だ。何とか遅刻せずに出勤すると、スタッフたちから「すごく助かる」「ありがとね」と口々にお礼を言われた。

特に島村は平謝りで、「早急に新しい人を入れて、今後はこういうことがないようにする」と約束してくれる。

（そんなに謝らなくていいのに。休日出勤だから時給は高いし、わたしも助かるんだから）

こんなふうにお金のことばかり考えてしまうのは、昨日義母の麻美からまた連絡がきたからだ。

用件は「このあいだの仕送りの話だけど、やっぱりもう少し何とかならないかしら」というもので、依子は困惑して答えた。

『先日説明したとおり、わたしは現状でかなり生活を切り詰めています。仕送りの増額は、毎月している貯金を少し減額して、五千円を上積みするのが精一杯です』

『そう。裕太、次に発作が出たら入院しなければならないのは確定なの。それに備えて、パート先に「辞める」って伝えてきたから、本当に困っていて』

麻美が「ところで依子ちゃんの貯金って、毎月いくら貯めてるの」と問いかけてきて、依子はじわりと不快になった。

彼女の言い方は、まるで「貯金する余裕があるのなら、その分をこちらに寄越せないか」と催促しているように聞こえる。だが依子の貯金は、突発的な出費や万が一病気をして休職したときのために備えているもので、それまで実家に渡すことはできない。

結局言葉を濁《にご》して電話を切ったものの、あれから一晩が経つ今、「断った自分は、薄情な人間なのではないか」という思いが心に重くのし掛かっている。

弟の裕太は、歳が離れているせいかとても可愛い。だが実家を出てからはまったく会えておらず、今彼がどのくらい大きくなっているのかも依子にはわからなかった。

(前に実家に帰ろうとしてアポを取ろうとしたら、「もし外から何か病気を持ち込んで裕太に伝染《うつ》ったりしたら、身体の弱いあの子は大変なことになる」って言って、断られた。仕方がないことだけど、もう四年も会ってないから、寂しいな)

しかし麻美にとっての自分が血の繋がらない娘である以上、煙たがられるのは当たり前なのかもしれない。

ましてや自分たちの間に立つはずの父は、海外勤務で長く日本を離れていた。駐在先は発展途上国で、電波状況が不安定なため、滅多に連絡を寄越すことができない。

それでも、年に二度は帰ってきているが、依子はいつも仕事で都合がつかず何年も会えないままでいた。

（今度お父さんが帰ってくるときに、わたしも合わせて休みを取ろうかな。うん、そうしよう）

入荷した花の水揚げ作業は他のスタッフたちがやっているため、依子は店舗の床を掃き、窓や入り口ドアをガラスクリーナーで拭く。

やがて開店時間になったが、朝のうちは客が多くなく、外に陳列した大きな観葉植物の手入れをしていた。

大きな葉の一枚一枚を濡れ布巾で丁寧に拭いて埃を落とし、霧吹きで葉水を与える。そして有機肥料を株元に少し撒《ま》いていると、ふいに背後から「掛井」と呼びかけられた。

振り向くとそこには、見覚えのある人物が立っている。

「……最上くん」

「おはよ」

先週の土曜日に店を訪れた最上が、わずか三日で再び来店したことに驚き、依子は彼に問いかけた。

「どうしたの、またこの辺りで仕事とか？」

「まあ、そんなもん。せっかく近くに来たから、掛井に会いたいなと思ってさ」

さらりと言われ、依子は戸惑いをおぼえる。

確かに彼の首には望遠レンズを付けた一眼レフカメラが掛かっていて、仕事の途中というのは本当のようだ。

（街中や、景色とかを撮る仕事なのかな。一体どういう系統のカメラマンなんだろ）

そのときスタッフの安藤香澄《あんどうかすみ》が店内から出てきて、花束が入った紙袋を手に言った。

「ＴＴＢテレビの楽屋に、配達に行ってくるね」

「あっ、うん。いってらっしゃい」

安藤が徒歩で去っていき、それを見送った最上が言う。

「この店、テレビ局に花の配達とかしてるんだな」

「うん、ときどきあるの。ここは一番近い花屋だから」

陳列された鉢植えの手入れをしていると、彼が「そういえば」と言う。

「俺、一昨日の日曜もここに来たんだけど、掛井の姿がなかったんだ。もしかして休みだった？」

「えっ、来てくれてたの？」

依子は自分が現在ダブルワークをしており、フラワーショップ以外に家事代行サービスの仕事をしていることを説明する。すると最上が、興味津々な表情で食いついてきた。

「家事代行って、人の家に行って掃除したり料理したりするやつだよな。へえ、そんなことしてるんだ」

「結構時給がよくて、隙間時間でも働けるから」

「そういうのを頼む家って、金持ちが多いんだろ。芸能人とかもいるの？」

「まあ、いなくもないけど」

世間的に見れば、伊尾木も充分〝芸能人〟の枠に入るはずだ。

依子がそう思いながら答えると、彼は何やら考え込みながら「……ふうん」とつぶやく。そして表情を切り替えて言った。

「ごめん、仕事中に。今日も何か切り花を買っていくから」

「えっ、いいよ。気を使わなくて」

「店まで来てるのに、何も買わずに帰るなんて失礼だろ。それに商品を買えば、掛井と話をする大義名分ができるもんな」

思わせぶりな言い回しをされた依子は、咄嗟に返す言葉に迷う。

それを尻目に、店の中に入って商品を眺めた最上は、「今日はこれにするよ」と言って秋バラを二本選んだ。商品を梱包して手渡しながら、依子は彼に対して遠慮がちに告げる。

「あの、最上くん。こうして商品を買ってくれるのはうれしいけど、負担になるから無理はしないでね。わたしも仕事中で、来てもらっても長くは話せないし」

〝あまり頻繁に来られては困る〟という内容をオブラートに包んで伝えると、最上が事も無げに言った。

「いや、本当に最近はこの辺りで仕事してってさ。別に花を買うのは負担じゃないから、気にしなくていいよ」

「気にするとかじゃなくて――」

「じゃあ、今日はこれで。またな」

話を切り上げた彼が笑顔で踵を返し、他のスタッフが「ありがとうございました」

と声をかける。

それを見送り、依子は戸惑いを押し殺した。

(何あれ。最上くん、もしかしてわたしに気があるの?)

確かに最上とは過去につきあっていたことがあるが、学生時代にたった三ヵ月だけだ。

彼のことは何とも思っておらず、未練の欠片《かけら》もない。何より今の自分には伊尾木という恋人がいるのだから、言い寄ってこられても応えられないのが現状だった。

(今度来たら、はっきり言うべきかな。でも自意識過剰だって思われるかも……)

悶々としたまま冷蔵保存している在庫の花のところに行き、枝葉の手入れをしていると、十一時からのシフトの松下早智子《まつしたさちこ》がやって来る。

依子は彼女に挨拶した。

「おはようございます」

「おはよう。藤本《ふじもと》さんの忌引きで、急遽午前中だけシフトに入ってくれたんでしょ? 大変だね」

「店舗の人数が、足りないって聞きましたから。朝は店長のメッセージで目が覚めたので、ちょっとバタバタしました」

バックヤードは客の見えないところにあるため、自然とお喋りが多くなる。

松下が隣で作業を手伝いながら、「そうそう」と言った。

「さっきここに来る途中、電車の中でネットの記事を見てびっくりしたんだけどさ。知ってる？　スポーツ新聞がスクープした伊尾木慶一のニュース」

突然彼女の口から伊尾木の名前が出たことにドキリとし、依子は「えっ？」と聞き返す。

確かに彼はニュース番組のメインキャスターで有名人だが、何かあったのだろうか。

すると松下が口にしたのは、思いもよらぬことだった。

「熱愛報道だって。しかも相手は誰だと思う？　女優の喜瀬《きせ》藍子だよ」

「……っ」

あまりに予想外のことで、依子は思わず絶句した。

喜瀬藍子は、芸能界に疎《うと》い自分でも知っている有名女優だ。年齢は非公開だが、おそらく三十代後半か四十代前半とみられ、匂い立つような美貌と抜群のプロポーションの持ち主だと記憶している。

（慶一さんが、その人と熱愛？　しかも記事になってるの……？）

胃が嫌なふうに引き絞られ、手が冷たくなっていく。すると依子の顔を見た松下が、びっくりした顔で言った。

「どうしたの、そんな青ざめて。あっ、もしかして伊尾木慶一のファンだった？」

「い、いえ。そんなことないですけど」

「今まで浮いた噂《うわさ》ひとつなかったのに、よりによって相手が喜瀬藍子なんてねー。たぶん伊尾木慶一より年上だけど、すごい美女だからお似合いといえばお似合いかな。でも、ショック受けてる女性ファンが結構いそう」

彼女の感想を、依子は上の空で聞く。

やがて松下が店舗に出ていき、どうにか目の前の作業を終わらせた依子は、店長の島村が帰ってきた十二時過ぎに退勤した。そしてロッカーで帰り支度をし、ビルの外に出て歩きながら考える。

（慶一さんは、本当に喜瀬藍子とつきあってるの？　スポーツ新聞の記事だって言ってたっけ）

どうしても確かめたくなった依子は、フラワーショップから伊尾木のマンションに行く途中のコンビニに立ち寄り、雑誌コーナーの横にあるスポーツ新聞を確認する。

すると大きく〝熱愛〟と書かれたものを見つけ、直感的に「これだ」と思いながら一部購入した。

そしてすぐ近くにあるファストフード店に入り、飲み物を注文して奥の席に座る。早速新聞を開くと、一面に〝喜瀬藍子　伊尾木慶一アナ　熱愛〟と大きく書かれていて、心臓が跳ねた。

動揺をぐっと抑えて記事を読み進めると、昨日都内の高級フレンチレストランで二人が会っていたこと、そこに至るまでの道のりまで詳しく書かれている。

昨日は喜瀬藍子の誕生日だといい、わざわざその日に二人きりで会っていたのなら、彼らは相当親密な関係だ。二時間半後にレストランの裏口から出てきた彼女は伊尾木に抱きついていたらしく、その写真が掲載されていた。

「……っ」

スラリとした体型の美女が、スーツ姿の伊尾木の首に抱きついている。

もう一枚の写真では彼が喜瀬の肩をつかんでわずかに距離を取っているが、その表情は〝表〟の完璧な顔ではなく、どこか呆れたような素の表情で、それを見た依子は二重にショックを受けた。

（慶一さん、外では思いっきり猫を被ってるんだって言ってた。爽やかで知的、品行方正なアナウンサーを装ってるけど、今までつきあってきた相手にも本当の自分は見せられなかったって……。でも）

写真の中の伊尾木の表情は、彼が表では決して見せないはずの顔なのだと依子にはわかる。

それだけに喜瀬との親密さを如実に感じ、彼らが普通の関係ではないことに気づいてしまった。しかも相手は知らぬ者がいないほどの有名女優で、絶世の美女だ。

惨めさがひたひたと心を満たしていくのを感じながら、依子は手元の新聞を食い入るように見つめた。

（もしかして、わたしのことは遊びだった？　本当は喜瀬さんと親密なつきあいをしてるのに、暇潰《ひまつぶ》しでわたしに手を出したの？）

ニュース番組のメインキャスターである彼は、毎日多忙な生活を送っており、おそらくかなりのストレスが溜まるはずだ。

職業的に外で羽目を外せないのだから、自宅に出入りする家事代行スタッフである依子は、遊び相手としてちょうどよかったのだとも考えられる。

そもそもアナウンサーである以前に大企業の御曹司である伊尾木とは、依子は「釣り合わない」と折に触れて感じていた。見た目もバッグボーンも自分とは違いすぎて、そんな彼に愛されている事実がどこか夢心地で信じられずにいた。

（今思えば、そうした考えが正しかったのかもしれない。慶一さんは雲の上の人間で、

わたしは彼の隣にいるのにふさわしくないんだって）

それでも、気づけば心から好きになっていた。

愛想こそないがこちらの仕事を褒めてくれたり、勢いでキスしたことを真摯に詫びてくれたり、思いのほか率直に自身の心情を話してくれ、ぎゅっと気持ちをつかまれていた。

一方でアナウンサーとして知的な顔を見せる彼にも心惹かれ、気がつくとクライアントと家事代行スタッフという立場を超えて伊尾木を好きになっていた。

（でも……）

自分と会わなかった昨日、彼は喜瀬と一緒にいた。

記事によれば、このあと彼女はマネージャーに伴われて帰っていき、伊尾木も一人で帰宅したという。

だが喜瀬の誕生日に二人きりで食事をしたこと、抱きついてきた彼女を拒否せずに素の顔を見せていたことは、依子にとって充分すぎるほどの裏切りだった。

スマートフォンを確認すると、伊尾木からのメッセージはきていない。こうして新聞記事になっているのはとうにわかっているはずなのに、自分に弁解のメールすら送ってこない彼の真意を、依子は考える。

（もしかしたら報道への対応をしていて、それどころじゃないのかもしれない。もしくはわたしをフォローするのが面倒になって、あえて放置してるのかも）

後ろ向きな気持ちばかりが心に渦巻き、依子は目を伏せる。

変装した伊尾木と街に出掛け、昔から行きつけだという日本料理店での食事やたくさんのプレゼントに愛情を感じたのは、わずか四日前の話だった。

あのときはホテルに宿泊し、うっかり朝まで寝過ごしてしまったのも含めて、幸せな思い出として記憶に残っている。だが今は言葉にできないほどの痛みと惨めさで、どうにかなってしまいそうだった。

ふいにポツリと新聞の上に涙が零《こぼ》れ落《お》ち、依子はそれを拭う。そしてテーブルの上で冷めかけているコーヒーに口をつけたものの、刺すような苦味が舌に残った。

スポーツ新聞を丁寧に折り畳んだ依子は、小さく息をつく。気持ちはどん底まで落ち込んでいるが、このあとは仕事だ。それが伊尾木のマンションだというのは皮肉以外の何物でもないが、自分が名指しでアサインされている仕事を投げ出すわけにはいかなかった。

しばらく瞑目《めいもく》して気持ちを切り替えた依子は、ファストフード店を出て数分歩いたところにある伊尾木のマンションに向かう。

建物の手前で制服を着込み、首からＩＤを下げた恰好で会社に電話をかけ、「これから入ります」という一報を入れた。

そして預かっているカードキーで建物内に入り、九階に向かった。

「――……」

部屋の中に入ると、当然ながら中は無人だ。

リビングに伊尾木の匂いが残っているのを感じながら、依子は乱れそうになる心をぐっと押し殺し、タイマーをかけて部屋の片づけを始めた。

最初の頃こそ荒れ放題だった室内だが、少しずつ会話をするようになった頃から彼はこちらに気を使い、あまり散らかさないようになっている。

洗濯物を集め、ベッドのリネンや洗面所の足拭きマットなどを洗濯機に放り込み、スイッチを入れた。そして雑誌や本などを分類し、所定の位置に重ねて、テーブルの上に置きっ放しだった付箋《ふせん》付きの書類をきれいに揃える。

書類は彼の仕事の内容に関わるため、なるべく見ないようにしていた。食器を食器洗浄機に入れ、フローリングワイパーで床掃除をする依子は、ほぼ無心だ。

身体を動かしているときは、目の前の作業に集中できる。とにかく〝この場をきれいにする〟ことだけを考え、汗だくになりながら床を雑巾がけして、洗濯物を干したあとで買い物に出た。

（前回までは、こうして食材を買うのが楽しかった。「こういうのを作ったら、慶一さんは喜んでくれるかな」とか、喜ぶ顔を想像して……。でも）

今は伊尾木の顔を思い浮かべるだけで、苦しい。

ならば家事代行の仕事に徹しようと考えるものの、一度思い出すととめどなく彼のことばかりが脳裏に浮かび、胸が締めつけられる。

食材を買い込んでマンションに戻った依子は、キッチンに立った。今回のメイン料理は煮込みハンバーグと煮豚で、他にかぼちゃの甘辛炒めに胡麻をたっぷり絡めたもの、白菜のひき肉あんかけ、ハムときゅうり、錦糸卵が入った春雨サラダを作る。

乾燥機にかけていたタオル類を畳み、バルコニーに干した洗濯物のうち乾いていたものを取り込んだあと、業務報告書を書いた。今日やった作業内容を詳細に記入し、スーパーのレシートも貼りつける。

時刻を見ると、午後五時ちょうどだった。複雑な思いで部屋を出ようとした依子は、会社に退出の連絡をするためにスマートフォンを取り出し、ふとメッセージが届いていることに気づく。

送信者は伊尾木で、思わずドキリと心臓が跳ねた。タップしてみると、そこには二連続でメッセージが並んでいる。

〝もう知ってるかもしれないけど、スポーツ新聞に記事が載った〟〝今回の件については、近いうちにちゃんと説明する　ごめん〟――そんな文面を見た依子は、ぐっと唇を引き結んだ。

（「ごめん」って、何に対して謝ってるの。近いうちにって、一体いつ？　すぐに説明できないの……？）

こういう書き方をするということは、おそらく伊尾木は今日自分に会って話をするつもりはないのだろう。

それはひどく、不誠実な感じがした。彼はいつも午後七時半には帰宅でき、そのあとに時間を作ろうと思えば作れるはずなのに、この文面ではそうする気がないのが見て取れる。

まるで自分を二の次にされている気がして、依子は深く傷ついた。伊尾木のことが信じられず、怒りとも悲しみともつかない思いがじわじわと湧いてくる。

その後、玄関でクオド・アソシエイツに業務終了の電話をかけた依子は、マンションを出た。そして小伝馬町駅にある自宅に戻りながら、苦い思いを押し殺す。

どうやら彼と喜瀬藍子の熱愛報道は、ネットを中心にかなり大きく騒がれているらしい。知的な雰囲気のイケメンアナウンサーと、誰もが知る美貌の女優の交際報道は、これまで二人に接点がなかっただけに誰もが驚きを隠せないようだ。

喜瀬のプライベートは本名を含めて詳細を明かされておらず、年齢は非公開ながら四十代前半と推測されている。三十一歳の伊尾木とは、おそらく十歳余りの開きがあるはずだ。

だが彼女は若々しい美しさで化粧品のCMやファッション雑誌の表紙に頻繁に登場していて、見た目的には彼と並んでもまったく遜色なかった。

ネット記事のコメント欄は、「美男美女でお似合い」「意外すぎる組み合わせでびっくりした」という好意的なものから、「二人の年齢差がありすぎて複雑な気持ち」「いくら美人でも、あまり年上なのはちょっと」といったネガティブなものまでさまざまで、意見が二分している。

スポーツ紙の記者が写真について喜瀬の事務所に問い合わせたところ、明確な返答がなかったらしい。伊尾木のほうの反応は記事に書かれていないが、もしかすると局の上の人間に報道について何か言われているかもしれない。

（局アナが女優とおつきあいするのって、会社的にはどうなんだろ。独身同士だから、別に構わないのかな）

こうしてスクープされているということは、彼の身近に新聞や雑誌の記者がうろついているのは本当だったようだ。

依子と出掛けたときにそうした人々に気づかれなかったのは、今思えばかなりラッキーだったに違いない。スマートフォンの画面を閉じ、依子は沈痛な思いで目を伏せた。

（わたしはもう、慶一さんと別れるべきだよね。だってあの人には、別に恋人がいるんだから）

自分と喜瀬藍子のどちらを取るかといえば、伊尾木が迷わず彼女のほうを選択するのは目に見えている。何しろ美貌と名声を持つ女性なのだから、凡人である依子が勝てるところはひとつもなかった。

スポーツ新聞で記事を読んでからというもの、依子の胸には「彼の家の家事代行をやめたい」という気持ちが渦巻いていた。元々交際を始める前に引き受けた仕事だったが、伊尾木と別れて以降も担当するのはあまりにもつらい。

今日は割りきって丁寧に作業したものの、彼の匂いが残る部屋にいるのは正直耐え難かった。

クオド・アソシエイツは主婦のスタッフが多い都合上、自由な働き方ができるようになっている。もし依子が伊尾木宅の担当をやめたいと申し出れば、きっと誰か代わりのスタッフが行くことになるはずだ。

（会社にいつ言おうかな。……タイミング的に、慶一さんと話してからのほうがいいのかも）

彼はいつこちらに連絡を寄越し、話をするつもりなのだろう。

遅くとも明日には連絡をしてくるはずだと依子は考えていたものの、翌日の木曜日になっても伊尾木からの音沙汰はなかった。ネットでは喜瀬の華やかな恋愛遍歴などが取り沙汰され、伊尾木とどうやって知り合ったのかなどを推測する記事が上げられている。

それを見るたびに依子は鬱々とした気持ちになり、それを見るのをやめた。

（こういうのをわざわざ見にいって、いちいち傷ついていたらきりがない。自衛しないと）

一番いいのは、伊尾木に会って彼の口から事の真相を話してもらうことだ。だが木曜日は結局メッセージが届かず、依子はじりじりとした気持ちを持て余す。

翌日の金曜日は、仕事が休みだった。朝起きた瞬間に枕元に置いたスマートフォンを開いたものの、彼からの連絡はない。

この二日間はろくに食欲が湧かず、伊尾木とも話せないままで、依子のストレスは限界に達しようとしていた。

もしかすると伊尾木は、このままフェードアウトを狙《ねら》っているのだろうか。そんな考えが頭をよぎったものの、すぐにそれを打ち消す。

（わたしが知ってる慶一さんは、そんな人じゃない。愛想はないけどきちんと気持ちを言葉にしてくれて、愛情をまっすぐに伝えてくれた。記事についてはまだ本当かどうかわからないし、もしかしたらすぐに話せない深い事情があるのかもしれない）

こんな自分を「未練がましい」と思わなくはないが、この二日間依子が悩んで出した結論だった。

今も伊尾木に対する愛情があり、彼を信じたい。「近いうちにちゃんと説明する」と言っていたのだから黙って待つべきなのかもしれないが、それではこちらの神経が持ちそうもない。

（今夜……慶一さんのマンションに行って、話をしよう。どんなに忙しくても、夜なら少しは時間が取れるはず）

もし納得できる説明が聞ければよし、そうでなければ別れを告げる。

だが後悔のないように、とことんまで話し合いたい。そうでなければ、伊尾木を諦めきれない――そう依子は思う。

こんなに好きになるとは思わなかった。これまではただ日々の仕事で精一杯で、恋愛をしたいとすら思わなかった自分に、彼は恋のときめきを教えてくれた。

会うのはいつも伊尾木のマンションで、二人で外に出掛けたことは一度しかないが、それでも一緒にいられるだけで楽しかった。

（わたしは、慶一さんに出会ったことを後悔してない。……だってすごく幸せだったもの）

裕福な家庭に育った彼は料理の経験がなかったが、「依子を時間外で働かせたくない」と言って、慣れない手つきながらも一緒にキッチンに立ってくれた。

素は愛想がないのに恋人同士になってからはスキンシップが多く、ふとした瞬間にキスをしたり、テレビを見るときは依子の身体を後ろから抱き込んだりと、頻繁に愛情表現をしてくれた。

ニュース番組のメインキャスターということもあり、国内外問わずさまざまニュースに明るく、常にインプットし続ける勤勉さも尊敬できる。

記者に写真を撮られるリスクを冒して出掛けたことも、気後れはしたもののうれしかった。

（やっぱり、慶一さんと別れることになるのかな。……別れたくないな）

だが二股を容認する気は毛頭なく、伊尾木が煮えきらない態度を取った場合は、すぐに別れを切り出すつもりでいる。

都合のいい女になる気はないため、それはもう決定事項だった。ベッドから起き上がった依子は、シャワーを浴びる。そして朝食を食べたあとに洗濯機を回し、掃除をして、日用品の買い出しに出た。

料理の作り置きをしているうちに夜になり、依子は午後七時に自宅を出る。伊尾木の家がある西麻布までは、四十分ほどの距離だった。六本木駅で降り、そこから八分ほど歩くと目的のマンションだが、建物の前には案の定マスコミらしき人々の姿がある。

カメラを手にした彼らは建物の敷地にはギリギリ踏み込まず、出入りする人間を注視していた。

（皆、慶一さんに喜瀬さんとの関係を聞きたくて仕方ないんだ。だから自宅マンションの前で、彼が帰ってくるのを待ってる……）

こういう事態を予想していた依子は、近くの建物の陰に隠れ、バッグからクオド・アソシエイツの制服を取り出した。

怪しまれずにマンションに入るには、出入り業者の制服を着ているのが自然だ。今は家事代行の業務外で、むやみに制服を着て歩くのは規則違反になるが、背に腹は代えられない。

社名が入った茶色の制服を衣服の上から着込んだ依子は、建物の陰から出て何食わぬ顔でマンションに近づく。するとマスコミの人間たちがこちらを注視しているのがわかったが、業者だと判断したのか話しかけてはこなかった。

それに安堵しながら、依子は自動ドアをくぐり、カードキーでエントランスに足を踏み入れようとする。

その瞬間、後ろからガシッと肩を組まれ、耳元で男の声が言った。

「よっ、掛井」

驚いて視線を向けると、そこにいるのは最上だ。

馴れ馴れしく自分の肩を抱く彼を見つめ、依子は呆然とつぶやく。

「最上くん、どうして……」

最上はグイグイと依子の身体を押しながら強引にマンション内に踏み込んできて、背後で自動ドアが閉まった。

依子は慌てて彼の手を振り払い、顔をこわばらせて問いかける。

「一体どういうこと？　何で勝手に建物の中に入ってきてるの」

「何って、俺はこの瞬間を狙ってたんだ。掛井がこの芸能人御用達のマンションに家事代行サービスで来てるのは、既に調査済みだったから」

それを聞いた依子は、彼の魂胆を悟る。

最近最上がしつこくこちらの身辺をうろついていたのは、このマンションに入る機会を窺っていたからだ。しかも二日前にスポーツ新聞に伊尾木と喜瀬の熱愛報道が載ったため、なおさらタイムリーだといえる。

「最上くん、カメラマンだって言ってたけど……本当はマスコミの人間なの？」

依子の問いかけに、彼が肩をすくめて言った。

「高校卒業後に専門学校で写真の勉強をして、風景とか撮ってコンテストに応募してるけど、なかなか賞を取るには至ってなくてさ。その点、芸能関係のスクープはネタによっては金になるから、最近はこればっかりだよ」

最上いわく、依子を見つけたのは本当に偶然らしい。

世間話をするうち、フラワーショップＣｈｏｕｅｔｔｅがＴＴＢテレビにときどき配達に行っていること、そして依子が家事代行サービスの仕事をしていて、顧客には芸能人もいると発言していたことから、「いつか何かに使えるかもしれない」という下心で繋がりを持とうとしていたという。

そこに伊尾木慶一と喜瀬藍子の熱愛報道があり、彼にインタビューするべく自宅マンション前で待ち構えていたところ、依子が家事代行の制服を着てやって来た。

彼は「チャンスだ」と色めき立ち、どさくさ紛れに建物内に押し入ったというのが事の顛末《てんまつ》だという。

（つまりこの人は、最初からわたしを利用する気満々だったんだ。足しげくフラワーショップを訪れて、毎回数本の花を買ってわたしに恩を売る。そしてあわよくば、芸能人が多く住むマンションにネタ探しに入る……）

それなのに自分はそんな最上の魂胆に気づかず、油断して建物内に引き入れてしまった。

依子はぐっと眦を強くし、彼の身体を押す。そして必死に自動ドアから最上を押し出そうとしながら言った。

「今すぐ出ていって。勝手に中に入るなんて、不法侵入でしょ。早く……っ」

「まあまあ。出入り業者の掛井と一緒なら、全然不法侵入じゃないだろ。えーっと、駐車場はどっちかな」

「駐車場？」

「ああ。さっきここの住人らしい人間が乗った車が、地下駐車場に入っていくのを見たんだ。窓がフルスモークだったし、もしかしたら伊尾木慶一かもしれないだろ？　ちょっと確かめたい」

好奇心で目を爛々《らんらん》と輝かせ、彼は地下駐車場の案内表示に従ってどんどん建物の奥へと入っていく。依子は最上の腕をつかみ、何とかそれを阻止しようとした。

「ちょっと、やめてよ。勝手に建物に侵入して住人を探ろうとするなんて、犯罪だよ。わたしが手引きしたことになるんだから……っ」

思いがけない展開に、依子はひどく混乱していた。

図らずも彼を建物内に引き入れることになってしまった責任は、重大だ。もし最上がここの住人に迷惑をかけてしまったら、どう責任を取ったらいいかわからない。

何としても彼を外に出さなければと考えた依子は、必死に腕を引っ張って押し留めようとした。

しかし最上は依子の制止を物ともせず、エントランスロビーから扉を開けて階段を下り、地下駐車場に進む。すると薄暗い空間にズラリと住人の車が停車されている中、奥のほうに人影が見えた。

（あ、……）

黒い高級車の傍に立ち、男女が何やら話をしている。

一人は伊尾木で、仕事帰りらしくスーツ姿だった。その向かいにいるのはスラリとした細身の女性で、シルエットが優雅なワンピースを着てつばの広い女優帽を被り、サングラスを掛けている。

その顔立ちは目元が見えなくても圧倒的に美しく、白く透きとおるような肌とすっと通った鼻筋、赤い唇が印象的だった。

明らかに一般人ではない雰囲気の彼女が誰なのか、依子は直感的に悟る。

（あの人――喜瀬藍子だ。慶一さんと一緒にいる写真を撮られた……）

すると依子の隣に立つ最上も同じことを思ったのか、小さく「ビンゴだ」とつぶやく。

そして首から下げた一眼レフカメラを構え、二人の姿を連写し始めた。

「ちょっと、何してるの。やめて！」

依子はカメラの望遠部分をつかんでグイッと下げ、写真を撮るのをやめさせようとする。

だがそのときには既に数枚撮ったあとで、音に気づいた二人がこちらを見た。

「――……」

伊尾木が依子と最上の姿を見つめ、驚いたように目を見開く。

彼は写真を撮られたことに不快な表情を浮かべつつ、周囲に人がいるのを慮《おもんぱか》ったのか、他人行儀な口調で言った。

「掛井さん、どうしてここに……。そちらの男性は？」

「あの……っ」

依子は急いで説明しようとしたが、それより早く最上が口を開いた。

「週刊誌Sの契約カメラマン、最上といいます。伊尾木さん、そちらにいるのは女優の喜瀬藍子さんですよね。先日報道があったとおり、お二人の交際は事実だということでよろしいですか？」

勢い込んで突撃取材を敢行しようとする彼は、まったく臆した様子がない。

この二日間、マスコミはこぞって二人に関する記事を上げていたものの、どこも直接のコメントが取れていなかった。そのため最上は、他を出し抜いて自身がスクープできることに興奮しているのだろう。依子は二人に対し、深く頭を下げた。

「わたしが伊尾木さまからお預かりしているカードキーを使い、マンション内に入ろうとしたところ、知人である彼がどさくさ紛れに中に押し入ってきたんです。何度も退去するようにお願いしても聞き入れてもらえず、『先ほど中に入った車を確かめたい』と言って、こうして駐車場まで入ってきてしまいました。本当に申し訳ありません！」

するとと喜瀬が、小さな声で伊尾木に問いかける。

「こちらの女性は？」

「僕の家で、週二回家事代行をしてくれている女性です。不在時に作業ができるよう、カードキーを預けていました」

「そう」

頷いた彼女が、ハイヒールの踵を鳴らしてこちらに歩み寄ってくる。

そして最上の目の前で立ち止まり、問いかけた。

「記者さん、名刺をいただける？」

「は、はい」

匂い立つような美貌を前に、どぎまぎとした最上が、慌ててポケットから名刺入れを取り出す。

するときれいにネイルが塗られた指でそれを受け取った喜瀬が、名刺を眺めて言った。

「ふうん、週刊誌Sの契約カメラマン、最上司さんね。こちらの女性によると、あなたは彼女がオートロックを解除したタイミングで強引に中に押し入ったようだけれど、どのような用件で建物内に入ったのか、改めてお伺いしてもよろしいかしら」

まったく慌てた様子のない彼女に理路整然と問われ、最上はしどろもどろに答える。

「それは、あの……このマンションに伊尾木アナが住んでいると知って、取材に答えてもらおうと思いまして」

「つまりアポは一切なく、中に入る許可を誰からも得ていないにもかかわらず、侵入したと。あなたがマスコミの人間ではなく何かの営業マンだったとしても、そうした真似《まね》をすれば不法侵入として警察を呼ばれる行為よ。そちらの会社のコンプライアンスは、一体どのようになっているのかしら」

喜瀬がチラリと後ろを見やり、「武田」と呼びかける。

すると車の陰に立っていた四十代とおぼしき男性がやってきて、彼女から最上の名刺を受け取った。喜瀬が彼に向かって、淡々とした口調で言う。

「週刊誌Sの編集長は、確か松浦《まつうら》さんよね。すぐに電話をして、厳重な抗議をしてちょうだい。私が直接お話ししたいから、途中で通話を代わってくれる？」

「はい」

武田と呼ばれた男性がすぐにスマートフォンを取り出し、名刺に書かれた編集部の番号に電話をかけ始める。

それを横目に、喜瀬はニッコリ笑って最上に向き直る。そして白く美しい手で、彼の首に掛かっている一眼レフカメラを取り上げながら言った。

「編集部の方がここに来るまで、こちらのカメラはお預かりさせていただくわね。あとでちゃんとお返ししますから、どうか心配なさらないで」

「えっ、あの……はい」

笑顔の圧に押されるように最上がカメラを奪われ、どうしたらいいかわからない顔でその場に立ち尽くす。

やがて武田が「藍子さん、松浦編集長です」と言ってスマートフォンを差し出した。彼女はそれを受け取り、代わりに最上のカメラを武田に手渡しながら電話に出る。

「松浦さん？　ご無沙汰しております、喜瀬です」

喜瀬はやんわりとした口調ながらも、最上による違法な取材活動について抗議する。すると相手は分が悪いと踏んだのか、電話の向こうで平謝りしているようだ。彼女は鷹揚《おうよう》に言った。

「では今すぐこちらに人を寄越して、このカメラマンさんを回収してくださるかしら。そうでなければ、不法侵入で警察を呼ばなくてはなりませんから。……ええ。彼が撮った写真は、私のマネージャー立ち合いのもとにすべて消去していただきます。……はい、お願いします」

喜瀬がこのマンションの住所を告げて通話を切り、武田にスマートフォンを返す。

そして顔色を失《な》くして立ち尽くす最上をよそに、伊尾木のほうを見やり、婉然と微笑んだ。

「このカメラマンについては、私のほうで何とかなりそうよ。でも貸しひとつだから、よく覚えておいて」

「……ああ」

「編集長本人が彼の回収に来るというから、私と武田はここで待たなきゃいけないの。あなたはどうぞ、部屋に戻って。あとで委細を報告するわ」

「わかった」

伊尾木に「掛井さんは、このまま僕の部屋まで来ていただけますか」と告げられた依子は、頷いて彼と共に九階に向かった。

エレベーターの扉が閉まり、箱が上昇を始めた途端、伊尾木が深く息を吐いてつぶやく。

「まさか君が、あんなところにいるとはな。しかもマスコミの人間と一緒に」

「……っ、すみません。わたしの不注意で、彼を中に引き入れてしまって――」

「詳しくは、部屋で話そう」

エレベーターから降り、伊尾木が玄関のドアをカードキーで開ける。

彼のあとからリビングに入った依子は、深く頭を下げて謝った。

「改めて、先ほどは申し訳ありませんでした。鍵を預かっているという危機感が足りず、ご迷惑をおかけしたこと、心よりお詫びいたします」

「そんな他人行儀な言い方をしなくていい。その制服は、このマンションに入るために？」

今日は金曜日で、伊尾木の家の家事代行の予定はない。依子は頷いて説明した。

「慶一さんからの連絡を、ずっと待っていたんですけど……なかなかこなくて。でもどうしても話がしたい気持ちが募って、マスコミに怪しまれずにマンションに入る方法を考えた結果、家事代行の制服を利用したんです。本来はこういう使い方をするのは規約違反ですし、『連絡する』って言ったのを待ちきれずに預かっているカードキーで中に入ろうとしたのは、すごく身勝手な行動だったと思います。重ね重ね、申し訳ありません」

するとは、首を振って言った。

「いや、怒ったわけじゃないんだ。確かになかなか連絡できなかったから、依子を不安にさせてしまったと思う。本当にごめん」

彼の口調は優しく、依子の胸が強く締めつけられる。

伊尾木がソファを勧めてくれ、遠慮がちに腰掛けた。隣に座った彼が、身体をこちらに向けながら口を開く。

「いろいろ話さなければならないことはあるが、順番に片づけていこう。まず、さっきのカメラマンは君の知り合いなのか？」

「はい。彼の名前は最上司といって、高校のときにつきあっていた相手です」

最上が依子のかつての交際相手だと知った伊尾木が、目を見開く。依子は慌てて補足した。

「つきあっていたといっても、たった三ヵ月だけです。高校を卒業してからは一度も会ってなくて、彼が今何の仕事をしているのかも知りませんでした。でも、一週間前にフラワーショップの仕事中に、声をかけられて」

彼がそれから何度か店を訪れていたこと、その理由は家事代行の仕事で芸能人の家に出入りすることがあるという自分を利用するため、〝キープ〟にするのが目的だったのだと依子は説明する。

「最上くんは慶一さんに取材するためにマンションの前を張り込んでいて、たまたまやって来たわたしがカードキーで中に入ろうとするのを見て、『チャンスだ』と思ったそうです。いきなり肩を組まれて強引に中に入られて、何度も建物の外に出てほしいと訴えたんですけど、『さっきここの住人らしい人間が乗った車が、地下駐車場に入っていくのを見た』『窓がフルスモークだったし、もしかしたら伊尾木慶一かもしれない』って言って……そのまま地下駐車場に行ってしまいました」

「そうだったのか」

伊尾木が小さく息をつき、それを見た依子は自分の責任をひしひしと感じる。

(わたしが家事代行の制服を着てここに来たから、結果的に最上くんを引き入れちゃったんだ。クオド・アソシエイツの規約に違反してるし、慶一さんや喜瀬さんに迷惑をかけてしまって、本当に何やってるんだろう)

膝の上の両手をぎゅっと握り合わせ、忸怩たる思いを噛みしめていると、彼が口を開いた。

「依子のほうの事情は、よくわかった。俺がいつまでも連絡しないことにやきもきして話をしに来たことについては、咎めるつもりはない。逆に謝らせてほしい、……申し訳なかった」

「………」

「本当はすぐにでも会って詳しい事情を話したかったんだが、相手がいることだったから。どうしても藍子さんの了承を取らなきゃいけなくて、でも彼女はあの記事が出た日から中国に行っていて、ようやく連絡がきたのが帰国した今日だったんだ」

〝藍子さん〟という親しげな呼び方を聞いた依子の胸が、ズキリと痛む。

やはり伊尾木と喜瀬は、つきあっているのだ。現に彼らは先ほど地下駐車場に一緒にいて、二人が並んでいる姿はひどくお似合いだった。

しかも間近で見た彼女は息をのむほど美しく、女性としてあまりにもレベルが違いすぎて、依子の胸は敗北感でいっぱいだった。

（……もう、諦めなきゃ。わたしは潔く身を引いて、二人の仲を祝福してあげないと）

伊尾木とつきあっていた期間は短かったが、幸せだった。

もし自分と交際しているあいだに喜瀬と出会い、恋に落ちてしまったのなら、それは責められない。あれほどの美貌を前に心が揺らがない男性は、そうそういないだろう。

そう思い、依子は深呼吸する。そして意を決し、口を開いた。

「あのスポーツ新聞の記事を見たとき、わたしは信じられない気持ちでいっぱいでした。慶一さんのことを信頼していたので、まさか同時進行で他の人とつきあうだなんて思いもよりませんでしたし、もしかすると偶然の一瞬をそれっぽく撮られただけかもって考えていたんです。でも――写真の慶一さんの顔を見た瞬間、対外的に作った顔ではなく、素で喜瀬さんと向き合っているのがわかって、普通の関係ではないんだとわかりました」

外では〝爽やかで品行方正な、イケメンアナウンサー〟という仮面を被っている伊尾木は、本来の不愛想な顔を見せる人間がほとんどいないのだと以前依子に語っていた。

そんな彼が、喜瀬には素の表情で接している。その意味を考えたとき、二人はやはり恋人同士なのだという事実が、依子の中でストンと腑に落ちた。

「さっき喜瀬さんを直接見たとき、あまりにもきれいな人で、同性のわたしでもドキドキしました。凡人には到底勝ち目がないのがよくわかったので、潔く身を引こうと思います。でも、別れたあとで慶一さんのことを外で喋ったりはしませんから、どうか安心してください」

震えそうになる声をぐっと抑え、自分の気持ちを言いきった依子は、息をつく。

本当は伊尾木への気持ちはまったく色褪《いろあ》せておらず、心がズキズキと痛みを訴えていた。だがこれ以上縋っても、彼を困らせるだけだ。ほんのひとときでも幸せな気持ちを味わわせてもらえたのだから、より多くを望むのは罰が当たる。

そんなふうに考える依子を見つめ、伊尾木が口を開いた。

「あの記事と写真を見た依子が、そう思うのも無理はない。さっき一緒にいたのを見て、なおさらそう思っただろう」

「……はい」

「でも、違うんだ。俺と藍子さんはそういう意味ではつきあってないし、今後も恋人同士になる予定はない。俺たちは、男女の関係にはなりえないから」

伊尾木の発言が往生際の悪い言い逃れに聞こえ、依子は眉をひそめる。

もし彼らが恋人同士ではないのだとしたら、あの抱擁は一体何だったのだろう。しかも先ほどの二人の会話は気心の知れた雰囲気で、ただの友人にはとても思えなかった。

依子はぐっと拳を握りしめ、押し殺した声で言った。

「あの人とつきあってるなら……はっきりそう言えばいいじゃないですか。どうしてこの期に及んでそんな言い逃れをするのか、全然意味がわかりません。だってどう見ても、二人はつきあってるのに」

「つきあってない」

「でも……っ」

「つきあうわけがないんだ。――俺と藍子さんは、親子だから」

あまりに思いがけないことを告げられ、依子は驚きに言葉を失う。

一体何を言われているのか、理解できなかった。伊尾木の年齢は三十一歳で、喜瀬はそんな年齢の子どもがいるようには見えない。

そもそも彼は伊尾木製薬の御曹司で、母親は専業主婦だと言っていたはずだ。混乱する依子を、伊尾木がじっと見つめる。そして真剣な眼差しで言った。

「さっき藍子さんから、『慶一が真剣に交際している相手なら、真実を話してもいい』という許可をもらった。――これから全部、説明するから」

第八章

隣に座る依子が、言葉を失くしてこちらを見ている。それを見つめ返し、伊尾木は「当然だ」と考えていた。

（藍子さんの見た目からすると、当たり前だ。きっと誰も信じないだろう）

先ほど地下駐車場で依子の姿を見たときは、驚いた。

しかも彼女は見知らぬ男と一緒で、彼は喜瀬と一緒にいる伊尾木を見るなり、首から下げた一眼レフカメラを構えて連写し始めた。

聞けば男は依子の元彼で、このマンションに入る際に強引に押し入ってきたのだという。写真を撮られた瞬間、伊尾木は「まずいことになった」と考えていた。数日前のスポーツ新聞の報道に続き、再度二人でいるところを撮られてしまったら、何も言い訳ができない。

第一報が出たあと、伊尾木と喜瀬の関係はテレビやネットで大きく報道された。彼女のプライベートはベールに包まれており、年齢は非公開だが四十代前半と思われていて、だとすれば伊尾木とは十歳以上の歳の差がある。

これまで清廉潔白なイメージで売ってきた局アナの伊尾木と、年上の有名女優の熱愛報道は、センセーショナルに受け止められていたようだ。

とはいえ互いに独身同士なため、たとえつきあっていたとしてもスキャンダルではない。同僚から「あの報道って本当なの?」と聞かれたり、廊下で会った上長から「あー、伊尾木くん、あの報道の件だが……」と世間話の体で言われたりしたものの、伊尾木は一貫して「その件につきましては、ノーコメントです」と質問をシャットアウトし、詳しくは語らなかった。

(今はコンプライアンスにうるさいから、毅然とした態度を取れば局内の人間はプライバシーに踏み込んでこれない。でも、マスコミは違う)

通勤や退勤の際、TTBテレビの社屋の周辺には、伊尾木からコメントを取ろうとする記者が集まるようになっていた。

それを避けるため、近場だがタクシーで通勤していると、昨日から自宅マンションの前に集まるようになり、伊尾木は心底辟易していた。

(あのフレンチレストランで、写真を撮られたのが失敗だった。藍子さんが泥酔して抱きついたりするからこんなことに)

報道が出たのを知ったとき、伊尾木が真っ先に考えたのは依子のことだった。

本当はすぐに喜瀬との関係を説明することができればよかったが、これればかりは彼女の承諾を得なければならない。

だが喜瀬は誕生日の翌日から中国に行ってしまい、携帯電話にかけても連絡が取れなかった。今日になってようやく夕方に連絡がきて、彼女から「あなたのマンションの地下駐車場で待ってるわ」と言われた伊尾木は、帰宅した足で駐車場に向かった。

とはいえ、そこもマンションの住人が来る可能性があり、誰かに見られる危険性が高い。

伊尾木は喜瀬に会うなり、手短に「報道が出た件については、仕方がない」「俺は一貫してノーコメントを貫くつもりだが、今つきあっている相手には藍子さんとの関係について本当のことを話したい。構わないか」と問いかけ、了承を得たところで依子と最上がやって来てしまった。依子が戸惑いの表情で言った。

「喜瀬さんと親子って……あの人は四十代前半くらいで、三十一歳の子どもがいるような年齢には見えません。それに、以前実家の話をしてくれたとき、慶一さんは『母親は専業主婦で、ときどきこのマンションに来て料理をしてくれている』って言ってましたよね？」

「ああ。実は両親と俺は、血が繋がっていないんだ。藍子さんと伊尾木の父が従兄妹《いとこ》同士で、生まれてすぐに子どものいない二人の養子になった」

彼女が「養子……」とつぶやいて、絶句する。

――伊尾木は説明した。喜瀬は四十代前半と若く見えるが、実際の年齢は四十八歳だ。

彼女はとある映画監督に見出され、高校生の頃に女優としての道を歩み始めたが、それは早い段階で躓《つまず》いてしまった。

「十六歳で、妊娠したんだ。当時は女優の卵としてレッスンを積んでいる段階で、まだデビュー前だったのを幸いと、藍子さんは十七歳で秘密裏に子どもを産んだ。それが俺だ」

周囲はこぞって中絶することを勧めたというが、喜瀬は「どうしても産みたい」と言い張り、その意思は固かった。

反対を押しきって息子を出産したものの、相手は結婚できる人間ではなかったらしい。結局、当時伊尾木製薬の会長だった曽祖父《そうそふ》の采配で、赤ん坊は彼女の従兄《いとこ》に当たる伊尾木哲也《てつや》夫妻の元に引き取られ、特別養子縁組で実子として育てられることになった。

「伊尾木の両親には、感謝してる。二人は俺をとても可愛がってくれたし、最高の教育を与えてくれた。それは俺を引き取って二年後、不妊で悩んでいた両親に実子が生まれたあとも変わらなかった」

「それが、弟さん……？」

「ああ。俺が伊尾木製薬を継ぐ気がなかったのは、弟の誠二《せいじ》がいるからなんだ。藍子さんは伊尾木家の分家の娘で、彼女が生んだ俺が本家の直系の息子を差し置いて会社を継ぐのは、道理に反するから」

するとと依子が、遠慮がちに口を開く。

「あの、慶一さんはどの段階で喜瀬さんが自分の実母だと知ったんですか？」

「高校一年のときだ。彼女は昔から頻繁に伊尾木家を訪れていて、俺にとっては〝きれいな親戚のお姉さん〟だった。スキンシップが多くて、弟に比べてとにかく可愛がられている自覚はあったけど、『彼女が本当の母親だ』って言われたときは驚いたな。何しろその頃の藍子さんは、映画や舞台に引っ張りだこの人気女優だったから」

喜瀬は自身の祖父に命じられて従兄夫妻に伊尾木を託したものの、息子に対して強い愛情を抱いていた。

実の母親だと明かしたあとは、どんなに仕事が忙しくても月に一度は伊尾木と会う時間を作り、決して放置しなかった。

「最初に実母だと聞かされたときは複雑な気持ちだったし、十七歳で未婚で出産したことについてもモヤモヤしてた。でも、時間が経つにつれて、彼女の俺に対する愛情が本物だってわかったんだ。だから今は、わだかまりは一切ない」

だが喜瀬藍子がデビュー前に出産した事実は、世間に対して伏せられている。

女優はイメージが重視されるため、絶対に明かしてはならない秘密だ。伊尾木が大学卒業後にテレビ局に入社したあとは、細心の注意を払って彼女と顔を合わせていた。

そう説明した伊尾木は、依子を見つめて言う。

「藍子さんは毎年必ず俺に誕生日を祝ってもらいたがっていて、先日もフレンチレストランの個室を予約した。でも彼女は飲みすぎてしまって、裏口から外に出たときに、ふざけて俺の首に抱きついてきたんだ。すぐに離れたけど、たぶんその瞬間を写真に撮られたんだと思う」

「……そうだったんですか」

彼女が戸惑いながらも納得してくれたようで、伊尾木はホッとする。

そして腕を伸ばして隣に座る依子の手を握り、言葉を続けた。

「すぐに依子に連絡して『藍子さんとは何でもない』って言おうとしたけど、その言葉だけじゃ信じてもらえないと思った。俺としては彼女との親子関係を明かしてもよかったが、この件については藍子さんの承諾を得てからじゃなければ話せない。それで連絡待ちをしていたら、二日も経ってしまったんだ。不安な思いをさせて、本当にごめん」

するとそれを聞いた依子が、口を開いた。

「……何だか、まだ信じられません。喜瀬さんと慶一さんが親子だなんて」

「まあ、そうだろうな」

「だってあんなに若くてきれいなのに。近くで見たら、皺《しわ》ひとつありませんでした」

「俺が見るかぎり、彼女は昔からほとんど変わってないが、プロ意識の塊のような人だからそれなりに努力してるんだろう」

ちなみに誕生日に会った際、伊尾木が「今、つきあっている女性がいる」と報告したところ、喜瀬は興味津々だった。

しかも同業者や芸能人ではないと明かすと、「会ってみたいわ」と発言していた。

するとそれを聞いた依子が、ぎょっとした顔でこちらを見る。

「そ、そんなの無理です。あんな美の化身みたいな女性にかかったら、わたしみたいな凡人、慶一さんにふさわしくないと思われるに決まってます」

「そうかな。彼女は俺が依子に素の顔で接することができると言ったら、驚いてたよ。

それにもうさっき、会ってるだろ」

「そ、それは、家事代行スタッフとしてでしたから……」

赤くなったり青くなったりと忙しい依子を見た伊尾木は、小さく噴き出す。

そして彼女の手を握り、わずかに身を寄せて言った。

「今の俺の説明を聞いて、君の中の疑念は払拭されたか？」

「……っ、はい」

「今回は誤解させてしまったが、俺は依子以外の女性に興味はない。何しろ素の顔を見せられるのは、家族以外で君だけなんだから」

すると間近で視線が合った依子はじんわりと目元を染め、「……でも」とつぶやいた。

「慶一さんはテレビ局で働いていますから、アナウンサーとかタレントさんとか、きれいな女性に会う機会が多いですよね？　そういう人たちを前にして、気持ちが揺らいだりはしませんか？　だってわたしは、どうしたって見劣りしますし」

「依子は美人だと思うよ。顔立ちが整ってるし、髪もサラサラでスタイルもいい。それにこう言っては何だけど、局内を歩いている女性を見ても、きれいだとは思うが心を動かすまでには至らないんだ。何しろ俺は、藍子さんの顔を見慣れてるから」

彼女が納得したように、「……そうですよね」とつぶやく。

伊尾木は言葉を続けた。

「俺が誰かを好きになるときに、相手の容貌はあまり意識してない。でもそれは依子が美人じゃないと言ってるわけじゃなくて、中身を重要視してるってことだ。俺は君の真面目さやこっちの素性を知っても態度を変えないところ、それに素直で何事にも一生懸命なところに心惹かれてる。ここまで誰かを手に入れたいと思ったのは、依子が初めてだ」

「……慶一さん」

「だから自分が俺にふさわしくないとか、他にいい人がいるはずだとか、卑屈になるのはやめてくれないか。俺が好きなのは君で、誰に恥じる気もない。大切にしたいと思う、唯一の女性だから」

するとそれを聞いた依子が、目を潤ませる。彼女は小さな声で言った。

「この二日間……ずっと不安だったんです。もし慶一さんが喜瀬さんとつきあっているのだとしたら、わたしが身を引くべきなんじゃないか。ただ身近にいたから、手を出されただけなんだって……そう思って」

「依子、それは――」

伊尾木が口を開きかけたものの、依子が首を横に振って「でも」と語気を強めた。

「でもそう考えた途端、慶一さんとのメッセージのやり取りや、部屋の中でしか会えなくても一生懸命楽しませてくれようとしたところ、わたしを時間外に働かせないために一緒にキッチンに立ってくれたりしたことか、楽しかったことばかりを思い出したんです。変装して街に出掛けたときも、わたしのためにリスクを冒してくれたのが伝わってきて、すごくうれしかった。そんな慶一さんの言動すべてを、嘘だと思いたくない。悲観したり、失望したりするのは直接話したあとにしようって心に決めて、今日このマンションまで会いに来たんです」

彼女が自分を信じようとする一方、別れる覚悟を持ってマンションまで来てくれたのだとわかり、伊尾木の胸が締めつけられる。

こんなにも真っすぐな依子を、二日ものあいだ不安にさせてしまった。そんな自分への不甲斐なさを痛感し、彼女の腕を引いてその身体を引き寄せる。

「藍子さんの返答なんか二の次にして、依子に全部話せばよかった。そうしたら、君をこんなに悩ませずに済んだのに」

「内容が内容ですから、喜瀬さんの許可を得るのは当然です。でも、慶一さんがわたし以外の人とつきあっていたわけじゃなくて、ホッとしています」

依子がこちらの背中をそっと抱き返してきて、伊尾木は腕の中のぬくもりをいとおしく思う。

わずかに身体を離した伊尾木は、彼女の顔を見下ろして告げた。

「この先も恋人として、ずっと俺の傍にいてほしい。二度と不安にさせたりしないから」

「はい。わたしでよければ、慶一さんの恋人でいさせてください」

はにかんだ微笑みを見つめ、伊尾木の心にじんわりと喜びがこみ上げる。

しかし一点だけどうしても確認したいことがあり、口を開いた。

「さっきの最上とかいうカメラマン、依子の元彼なんだろ。『もう一度つきあおう』とか言われたのか？」

すると彼女が慌てて首を横に振り、答えた。

「確かに思わせぶりな態度は取られましたけど、それに応えるつもりは微塵もありませんでした。たぶん、彼は芸能人のスクープをつかむのに躍起《やっき》になっていて、日頃から利用できるものは何でも利用してやろうって考えていたんだと思います。たまたまそこに、わたしが引っかかっただけで」

それを聞いた伊尾木は、ホッと胸を撫で下ろす。

もし依子がかつて交際していた相手に再会し、心を揺らしていたらどうしようかと思った。

伊尾木は彼女の頬を撫で、ささやくように言う。

「何だか妬《や》けるな。年齢的に過去に誰かとつきあっていても当たり前なのに、いざそういう人間を目の当たりにすると平静ではいられない」

「む、昔のことですから……。それに高校時代の、たった三ヵ月だけですし」

しどろもどろになる依子が可愛くて、伊尾木は微笑む。彼女の耳元に口を寄せ、わざとひそめた声でささやいた。

「だったら確かめさせてくれないか？　依子が俺のものだって」

「……っ、あの……」

「不安にさせた分、その埋め合わせをさせてほしいんだ」


依子が家事代行で来てくれるようになって以降、寝室のリネンは週に二回取り換えられ、清潔さを保っている。

彼女の手を引いて寝室に入った伊尾木は、戸口で振り返った。そして依子の身体を引き寄せ、その唇を塞ぐ。

「ん……っ」

口腔に押し入り、舌を絡める。

スポーツ新聞のゴタゴタがあったせいで、先週の土曜日以来彼女に触れておらず、飢餓感が募っていた。

ひとしきり貪ったあとで唇を離すと、依子が潤んだ瞳でこちらを見つめ、訴えてくる。

「あの……慶一さん、シャワー……」

「あとで一緒に入ろう」

「あ……っ」

華奢な身体をベッドに押し倒し、伊尾木は自身のネクタイを緩める。

それを目の当たりにした彼女は、恥じらいと不安がない交ぜになった目をしていた。

身を屈めた伊尾木は細い首筋に唇を這わせ、胸のふくらみを手のひらで包み込む。

衣服を脱がせると細くしなやかな肢体があらわになり、羞恥に目元を染める様子が欲情を掻き立てた。

手のひらと唇で素肌を辿りながら、伊尾木は彼女の性感を時間をかけてじっくりと高めていく。

するとと依子が息を乱し、こちらを見てささやいた。

「……っ……慶一、さん……」

「ん?」

「ぁ、どうして……っ」

いつまでも先に進もうとしないことに焦れたのか、彼女がそんなふうに問いかけてくる。伊尾木は笑って答えた。

「久しぶりなんだから、もう少し好きに触らせてくれ」

「でも……っ」

「言っただろう、『不安にさせた分、その埋め合わせをしたい』って。俺は他ならぬ依子だからこそ心惹かれているし、他の女によそ見をする気は微塵もない。それを信じてもらうためには、この上なく大切に扱うしかないと思わないか?」

「あ……っ」

——それからさんざん感じさせられ、何度も気を遣った依子が、シーツにぐったりと横たわる。

口元を拭って身体を起こした伊尾木は、ネクタイを引き抜き、着ていたワイシャツを脱ぎ捨てた。そして自身の前をくつろげ、避妊具を装着したあと、彼女の中に押し入っていく。

「んん……っ」

熱く狭い内部は、伊尾木に強い快感を与えた。

気を抜けばすぐに持っていかれそうな感覚に、伊尾木は意図して深く息を吐く。依子が浅い呼吸をしているのを見つめ、すぐには動かずに彼女に問いかけた。

「苦しくないか？」

「……っ、はい……」

緩やかに律動を開始し、徐々に動きを大きくしていく。

彼女が強くしがみついてきて、伊尾木はその身体を抱き返した。汗ばんだ肌やこらえきれずに漏らす嬌声《きょうせい》、締めつける力の何もかもがいとおしい。

汗で額に貼りつく前髪を唇で払ってやった伊尾木は、依子にささやいた。

「もっと、激しくしていいか」

「あ……っ」

一度果てたあと、少し休憩してからバスルームに移動した。

そしてシャワーの湯を出しながら、伊尾木は彼女の身体をスポンジで丁寧に洗ってやる。

一緒に風呂に入るのは二度目だが、依子には相変わらず羞恥があるらしく、居心地悪そうにモソモソとつぶやいた。

「自分で洗えますから、そこまでしてくれなくても……」

「俺がしたいんだ」

髪も洗ってやり、二人で湯に浸かる。

彼女の身体を後ろから抱き込んで座った途端、濡れ髪の隙間から白いうなじが垣間見え、劣情をそそられた。胸のふくらみを手のひらに包み込みながら依子の耳を軽く食むと、彼女が「あっ」と声を漏らす。

「け、慶一さん……」

「――依子、可愛い」

耳孔に舌を入れながら胸の先をいじられ、依子が息を乱す。

バスルームに彼女の声が響き、淫靡《いんび》な雰囲気がじわじわと高まっていった。バスタブの中の湯が大きく波打ち、依子の声に煽られた伊尾木は、やがて「くそっ」とつぶやいてバスタブから立ち上がる。

そして脱衣所からタオルを取って依子の身体を包み込むと、彼女が戸惑ったように言った。

「け、慶一さん？」

「ごめん、――我慢できない」

それから再びベッドで依子を抱き、ようやく果てた頃には、午後十一時を過ぎていた。

疲れて眠ってしまった彼女の寝顔を見つめ、伊尾木はじっと考える。

（あのカメラマンの件は藍子さんに任せるとして、俺は噂の対処をどうするかな。ノーコメントを貫いていれば、いずれ収まるのか）

テレビ局アナウンサーは芸能人ではなく、会社員のため、不祥事などが起きないかぎりは特にコメントを出す立場にない。

今回は伊尾木と喜瀬が独身同士ということもあり、年齢差はあるものの傍《はた》から見れば〝自由恋愛〟だ。自分たちが親子であることを発表する予定はないため、このままフェードアウトを狙うしかないのかと思う。

（それで身辺が落ち着いていけばいいけどな。俺にとって大切なのは依子だから、彼女にだけはマスコミの目が向かないようにしないと）

依子が家事代行の仕事を続けてくれるかぎりは、きっと怪しまれない。

今日彼女がしたように制服を着て出入りすれば、ただの業者だと思われるだけだからだ。だが依子がダブルワークで根を詰めていることが、伊尾木は以前から気にかかっていた。

（弟が入退院を繰り返していて、その費用がかさんだ実家から仕送りを要請されてるって言ってたな。でも、それは……）

伊尾木がじっと考え込んでいると、ふいに依子が身じろぎする。

彼女はうっすら目を開け、こちらを見つめて言った。

「……すみません。わたし、寝ちゃってました……？」

「時間にしたら、十分くらいだ。俺が疲れさせたせいだな、ごめん」

「いいんです、わたしも慶一さんと……したかったので」

小さな声でそんなことを言われ、伊尾木の中の欲情がまたもや呼び覚まされそうになる。しかしそれをぐっとこらえ、何食わぬ顔で言った。

「時間も遅いし、今日はもう泊まっていけばいい。明日の朝、仕事に間に合うようにタクシーを呼ぶから」

伊尾木は「それより」と言葉を続ける。

「依子に聞きたいことがあったんだ。前に君がダブルワークを続けている理由は、実家に仕送りをするためだと言っていただろう。弟さんの身体が弱くて入退院を繰り返していて、実家の経済状況が逼迫《ひっぱく》しているからだと」

「はい」

「毎月いくら仕送りをしているのか、聞いてもいいか」

するとと依子が、「八万円です」と答えた。

「フラワーショップを週四日、家事代行を週二日と隙間時間にちょこちょこ入れることで、何とかその金額を送金できています。でも最近、義母《はは》から何度か連絡がきていて。『裕太がまた入院しそうだ』『そうなると費用がかさむ上に、自分はパートで働けなくなってしまうから、家計が苦しくなる』という理由を挙げて、仕送りの金額を上げてほしいとお願いされているんです」

彼女いわく、フラワーショップの仕事を辞めて家事代行一本にすればもっと給料が上がるものの、花に関わる仕事をどうしても続けたいという。

しかし実家の窮状を見て見ぬふりはできず、今まで生活を切り詰めながら貯金をしてきたうち、五千円を削って仕送りに上積みしようと考えているらしい。

それを聞いた伊尾木は、重ねて問いかけた。

「弟さんの病名は、難病ではないと言っていたな」

「はい。先天性の心疾患で、心房中隔欠損症《しんぼうちゅうかくけっそんしょう》という病気です。生まれたときから心臓の壁に穴が開いていて、ほとんどの場合は無症状らしいんですけど、弟の場合は心雑音と心電図異常が顕著に見られたため、一歳のときに手術をしました」

行われたのは外科的な開胸手術ではなく、カテーテル治療だと依子は語った。

一応成功はしたものの、弟は同年代の子どもに比べて小柄で、走るとすぐに息切れをしたり風邪を引きやすいといった後遺症があるという。

七歳になる今も入退院を繰り返しているといい、それを聞いた伊尾木は考え込みながら言った。

「心房中隔欠損症という病気については、聞いたことがある。先天性の疾患としては、そう珍しくない病気のはずだ。でも最初の手術が一歳のときで、現在七歳なら、乳幼児医療費助成の対象のはずだが」

「えっ？」

〝乳幼児医療費助成制度〟は全国の地方自治体による医療費の助成で、地域によって名称や内容は微妙に異なるものの、大きな相違はない。

子育て支援を目的として作られた制度であり、いざというときに躊躇なく医療機関を受診できるよう、一定年齢までの子どもの医療費を無償にするなどが主な内容だ。

大半の自治体が中学卒業の年齢までを対象にしており、治療期間が長く医療費負担が高額な慢性疾患については国が医療費の助成をしていて、月々の自己負担上限は多くても一万五千円程度に抑えられている。

そう説明し、伊尾木は言葉を続けた。

「つまり子どもの医療費は、よほどの難病で海外で治療をするとかではないかぎり、ほぼ国の制度でカバーできるようになってるんだ。弟さんはそこまで重篤な慢性疾患ではないようだが、本当に入退院を繰り返しているのか？」

すると依子が戸惑った顔になり、小さく答える。

「実は……わたしは弟の入院先に、お見舞いに行ったことがないんです。毎回『行きたい』と伝えているんですけど、義母《はは》に理由をつけてはぐらかされてしまって。おそらく彼女は血の繋がらない娘であるわたしを疎ましく感じていて、自分が産んだ息子に近づかせたくないという気持ちがあるのだと思います」

「近づかせたくないって……」

「実家を出てから、もう四年も弟に会えていないんです。そもそもあの子が生まれた直後、義母は当時大学生だったわたしに『赤ん坊の泣き声がするうるさい家で暮らすより、依子ちゃんは独り暮らしをしたほうがいいわ』『今まで家のことを頑張ってきたんだから、自由を満喫したら？』って言って、強制的に独り暮らしをさせました。たぶんわたしを意図的に家から出して、家族三人だけで暮らしたいっていう気持ちが彼女の中にあったんだと思います。その後帰省しようにも、『もし外から何か病気を持ち込んで、身体の弱い裕太に伝染《うつ》ったりしたらどうするの』って言って断られてばかりで、実際にわたしが弟と一緒に過ごした時間はかなり少ないです。そのくせ仕送りの要請をしてくるんですから、自分が都合よく利用されているんじゃないかっていう気持ちは、以前から心のどこかにありました」

彼女はやるせない表情で、言葉を続ける。

「今の慶一さんの言葉を聞いて、より一層その疑念が強まりました。わたしはまったく知らなかったんですけど、子どもの医療費を支援してくれる国の制度があるなら、治療や入院にそんなにお金はかからないっていうことですよね？　それなのに何度も『仕送り額を増やしてほしい』って頼んでくるなんて、おかしいです」

「ああ。ところで君のお父さんは、この件について何て言ってる？　依子が仕送りしているのを知ってるのか」

「父は仕事で途上国に行っていて、通信が不安定なため、携帯電話が使えないんです。年に二回ほど日本に帰国していますが、わたしは毎回都合がつかずに会えなくて、いつも電話では当たり障りのないことしか話せていません」

義母から仕送りを要請されたのは今から一年ほど前で、依子はその頃に家事代行サービスに登録し、ダブルワークを始めたのだという。

伊尾木は彼女を見つめて言った。

「実は依子に弟さんの話を聞いたときから、俺は引っかかりをおぼえていた。職業柄、医療に関するニュースを取り扱うこともあって、乳幼児医療費助成制度について基本的な内容を知っていたからだ。弟さんの病名を聞いたらなおさら、難病や慢性疾患でもないのにそこまで金がかかるという主張はおかしいと思う」

依子が顔をこわばらせてつぶやいた。

「つまりわたしは……義母《はは》に騙《だま》されているかもしれないってことですよね」

「ああ。早急にお父さんに連絡を取り、弟さんの病状や実家の経済状況について確認したほうがいい」

＊＊＊

伊尾木から仕送りに関する疑念を指摘されたあと、依子はすぐに父親の正治《まさはる》に連絡を取った。

携帯電話にかけてもやはり繋がらなかったが、「早急に相談したいことがあるので、連絡がほしい」とメッセージを残したところ、四日ほどして国際電話がかかってきた。

『久しぶりだな、依子。すぐに連絡できなくてごめん。早急に相談したいことがあるっていうから、一体何事かと思ったよ。どうした？　もしかして結婚するとか？』

数ヵ月ぶりの父の声は元気そうで、依子はホッとする。

しかし国際電話は料金が高いため、悠長に話していられない。依子は頭の中で要点を整理しながら、早口で言った。

「こうして電話をかけたのは、お父さんに確認したいことがあったからなの。実はわたし、一年ほど前からお母さんにお願いされて実家に仕送りをしてるんだけど、お父さんはその話を知ってた？」

すると彼は、「仕送り？」と怪訝な声を出した。

『いや、何も。そもそもお前は独り暮らしをしてるんだから、金銭的にそんな余裕はないだろう。麻美と裕太は父さんの稼ぎだけで充分暮らせていると思うが、どうしてそんな話になってるんだ？』

「裕太が入退院を繰り返していて、家計が逼迫しているからって。つい先日も『最近裕太の調子があまりよくなくて、検査の結果によっては長期入院しなければならない』『そうなると入院費がかさむ上、母親の付き添いも必要で、パートに行けなくなるから大きく収入が減ってしまう』って言われて、仕送り額の上積みを要請されたばかりなの」

しかし自分にも生活があるため、せいぜい五千円程度しか増額できない。

するとそれを聞いた父が、戸惑ったように答えた。

『裕太が入退院を繰り返してるなんて、父さんは聞いたことがないぞ。あの子は三歳くらいまでは身体が弱かったが、今は他の子と同じように小学校に通っていて、体育の授業も普通に受けているはずだ』

「――――」

父いわく、裕太は一歳のときに心臓の孔《あな》を塞ぐためのカテーテル手術を受けたが、その後は至って健康だという。

後遺症もなく、同年代の子どもに比べて幾分小柄ではあるものの、男の子らしく外で遊んでいるらしい。

それを聞いた依子は、自分の中の疑念が確信に変わるのを感じた。

(やっぱりお義母さんの言っていたことは……嘘だったんだ。裕太は病弱でも何でも

なくて、わたしからお金を巻き上げるために嘘の話を作っていた)

沈黙した依子に対し、父が問いかけてくる。

『依子、一体どういうことなのか説明してくれないか』

「実は――……」

依子は四年前に実家を出て以降、麻美から裕太の体調を理由に帰省を拒まれていたこと、一年ほど前に仕送りを要請されたこと、その結果ダブルワークをして毎月八万円を送金していたものの、最近になって増額してほしいと言われたことを順番に話した。

そして言葉を選びつつ、彼に告げる。

「わたしから裕太の話を聞いたある人が、『乳幼児医療費助成制度は中学三年までの子どもの医療費をカバーできるはずだから、難病や慢性疾患でもないのにそこまで金がかかるのはおかしい』って指摘してくれたの。だからお父さんに電話をして、裕太が本当に入退院を繰り返してるのかどうかを確認したかった。でも――違ったんだね。あの子は普通に学校に通えるくらいに元気になってて、お義母さんの言うことは全部嘘だったんだ」

するとと父が、考え込みながら言った。

『実は依子が実家を出て以来まったく帰省せず、僕が帰国したときも顔を見せなかったことについて、麻美は毎回「連絡したけど、忙しいから来られないと言っていた」と説明していたんだ。仕事が忙しいなら仕方がないと思っていたが、今のお前の話を聞くと、そうじゃなかったんだな。依子を意図的に実家から遠ざけつつ、嘘の話で仕送りを強要していたなんて』

「………」

『すべて父親として家庭にしっかり目を行き届かせていなかった、僕の責任だ。依子――これまで本当にすまなかった』

彼の謝罪の言葉を聞いた依子の目が、じわりと潤む。

まだ何も解決していないが、父が自分の味方になってくれたことに深い安堵をおぼえていた。彼が電話の向こうで言った。

『今回の件は、断じて看過できない。麻美を直接問い質したいから、僕は有休を取ってすぐに帰国するよ』

「えっ、そんなことできるの？」

『ああ。電話で済ませられるような話ではないからな。ところで、今まで麻美の銀行口座にお金を振り込んだ履歴のコピーは取れるか？』

「うん」

彼は早急に帰国するつもりであるものの、そのことは麻美に告げないようにと依子に口止めしてきた。

事前に証拠隠滅や言い逃れができるような猶予を与えたくないというのが、その意図らしい。

かくして一週間後、父と示し合わせた依子は、仕事のあとに板橋《いたばし》区にある実家に向かった。午後七時に到着し、数年ぶりの家を感慨深い気持ちで見上げる。

玄関のインターホンを押すと「はい」という応答が聞こえ、依子はわずかに屈んで名前を告げた。

「依子です」

『……っ』

インターホン越しに麻美が息をのむのがわかり、プツリと応答が切れる。

やがて玄関のドアが開き、姿を現した彼女は戸惑った表情で言った。

「依子ちゃん……いきなりどうしたの？　連絡もなしに来るなんて」

「──僕が呼んだんだよ。せっかく帰国したんだから、久しぶりに依子に会いたいと思ってね」

リビングから出てきた父の正治がそう言い、依子を見て目を細める。

「元気そうだな、依子。電話では話していたけど、顔を合わせるのは数年ぶりか」

「うん。お父さんは、ちょっと老けたね」

中に通され、依子は昔とはすっかり変わったインテリアを興味深く眺める。

するとソファにいた裕太が、こちらに駆け寄ってきて興奮気味に言った。

「お姉ちゃん、いきなり来るなんてどうしたの？　お仕事が忙しいって言ってたけど」

「裕太……」

四年ぶりに会う弟は、昔の面影があるものの驚くほど背丈が伸びていた。

可愛らしい顔立ちは相変わらずで、しかし虚弱な雰囲気は微塵もなく、とても健康そうに見える。

依子が何ともいえない気持ちを噛みしめていると、父が裕太に向かって言った。

「裕太、パパとママとお姉ちゃんは大事な話をするから、ちょっと部屋に行っててくれるかな」

「えー、僕も一緒にお話ししたい」

「大事な話が終わったら呼ぶからね」

彼が「はぁい」と返事をし、不満そうな顔をしつつリビングを出ていく。

父がソファを勧めてくれ、依子は彼の向かいに腰掛けた。それを見た麻美が、ぎこちない表情でリビングを出ていこうとする。

「あ……私、お茶を淹《い》れてくるわ」

「いや、君も座ってくれ。僕が今回突然帰国したのは、依子から連絡をもらったからだ。久しぶりに電話でじっくり話したら、気になることを聞いた」

父は自身の隣に座った妻を見つめ、言葉を続けた。

「依子は一年ほど前から、麻美に頼まれて仕送りをしていると言った。しかもその理由は、裕太が入退院を繰り返していて家計が逼迫しているからだと」

「……………」

「だが僕が知るかぎり、裕太は健康だ。生まれつき心臓に病気があって一歳のときに手術をしたが、その後は問題なく成長し、小学校にも通えている。入退院を繰り返している事実はないと思うが、一体どういうことなんだ」

すると彼女は視線を泳がせ、青ざめたまま答えない。

それを見つめつつ、依子は口を開いた。

「お義母さんはわたしに、『家計が厳しいから、どうか助けてほしい』って言いましたよね。わたしは裕太のためならばと、ダブルワークをして毎月八万円を送金してきました。でもあなたは最近、その増額を要請してきた。無理だと断ったあとも、執拗《しつよう》にメッセージを送って……それがこれです」

依子はスマートフォンを開き、麻美とのトーク画面を表示してテーブルに置く。

父はそれを手に取って眺め、表情を険しくしてつぶやいた。

「全部金をせびる内容じゃないか。しかも数日に亘って、何度も」

「……っ」

「麻美、ちゃんと説明してくれ。君はなぜ依子に嘘をついたんだ？　僕の給料は、君と裕太が暮らしていくには充分な金額だったはずだ。独り暮らしをしている依子から、八万円も仕送りをさせる必要なんてない。それなのに」

二人がかりで責められた彼女が、膝の上の拳を強く握りしめる。やがて言い逃れできないと悟ったのか、麻美が重い口を開いた。

「お金が……欲しかったからよ。正治さんのお給料だけでは足りなくなって、それで依子ちゃんにお願いしたの。『裕太が入院する』って嘘をついて」

「だから、それはどうして」

「投資で失敗したのよ。取り返せると思ったけど、どうしても上手くいかなかった」

思いがけない理由を聞き、依子は父と顔を見合わせる。

麻美の説明は、こうだ。裕太の幼稚園を通じて知り合ったママ友の中にブランド物で身を固めた女性がいて、彼女自身が投資で大儲けしていると聞き、興味を持った。

麻美は預金の中から一〇〇万円を使って現物株の株式取引を行ったところ、ちょうど株式相場の環境がよく、連続して利益を受けることができたという。

「もっと儲けることができるかもしれないと思って、現物株の株式取引ではなく信用取引での株式取引も始めたわ。同時進行でFXも始めて、そっちでもちょこちょこ利益が出ていて、自分には才能があるんだって有頂天《うちょうてん》になった。でも、取引を始めて間もなく相場が荒れて、想定していたのと逆の方向に進んでしまったの」

麻美は大きなレバレッジをかけていたことで多大な損害を被り、証券会社から追加の証拠金を求められたという。

あまりに大きな金額を支払うのに躊躇しているうち、必要な追証を用意できずに強制決済となり、多額の借金を背負うことになったらしい。

「背に腹は代えられないと思って、貯金から借金を返済したわ。その結果、口座にはほとんどお金がなくなってしまった。生活費を切り詰めて、私のパート代と併せて補填しようとしてきたけれど、早くしないと正治さんにばれてしまう。それで依子ちゃんに嘘をついて……仕送りをお願いしたの」

それを聞いた父がぐっと唇を引き結び、厳しい表情で「通帳を見せなさい」と麻美に命じる。

彼女が持ってきた通帳を確認したところ、元々あった金額の八割以上が失われていた。絶句する彼を前に、麻美がわっと泣き出しながら言う。

「最初に儲けが出たときに気が大きくなって、どんどんお金をつぎ込んでしまったの。多少損失を出しても、自分ならすぐに取り返せると思った。でも、みるみるうちに相場が変わって、強制決済されてしまって……。どうしたらお金を補填できるか考えたとき、依子ちゃんなら裕太のことを引き合いに出せば仕送りしてくれるんじゃないかと思った。でも、あの子に会えば病気じゃないことがばれてしまうから、理由をつけて帰省を拒み続けたの。――本当にごめんなさい」

「……………」

依子の中に、怒りと失望がない交ぜになった思いがこみ上げる。

〝裕太のためなら〟という一心で、フラワーショップのシフトを減らし、家事代行サービスの仕事を頑張ってきた。

この一年は休みも週に一度しかなく、体力的にも精神的にも厳しかった。しかし実際の裕太は健康体で、必死に捻出した仕送りがまったく別のことに使われていたのだとわかり、怒りの感情がふつふつとこみ上げる。

依子は押し殺した声で言った。

「そんな馬鹿げた理由で、わたしからお金を引っ張っていたんですか？　裕太が入院したと聞いたとき、わたしは何度も『お見舞いに行かせてほしい』とお願いしましたよね。それをにべもなく断られ、帰省すら理由をつけて拒まれて、自分は何のために頑張っているのかって虚《むな》しさをおぼえていたんです。なのに、本当の理由は投資の損失の補填だなんて——人を一体何だと思ってるんですか」

「…………」

押し黙る妻を見つめ、父が口を開く。

「依子の怒りはもっともだが、それ以上に僕が怒りをおぼえている。君は自分が何をしたか、わかっているのか？　貯金の大半を使い込んだばかりか、裕太の病気をでっち上げ、依子の弟を想う気持ちを利用して搾取《さくしゅ》し続けた。到底許せることではない」

「正治さん、私は……っ」

顔を上げた麻美が必死の表情で何か言いかけたものの、父は依子のほうを見て言った。

「依子、今まで気づかなくて本当に申し訳なかった。独り暮らしをしながら毎月八万円も仕送りを続けていただなんて、金銭的にも体力的にも大変だっただろう。謝っても謝りきれない」

「……お父さん」

確かに怒りはあるが、事の真相を明らかにできたこと、そして父が状況を理解してくれたことに、ホッとする気持ちもあった。

彼が深刻な表情で言う。

「お前に改めて謝罪し、これまで送金してくれた金額を弁済するのはもちろんだが、その前に麻美と二人で話したい。悪いけど、裕太の部屋に行っててもらえるかな。あの子も寂しがってるだろうから」

「うん、わかった」

――その後、依子は父と麻美から改めて謝罪され、近日中にこれまで仕送りしてきた総額に迷惑料を足した金額を返済されることになった。

本当は家族間のことで、真摯に謝ってくれれば返してもらわなくてもよかったが、父は「そういうわけにはいかない」と断固として言った。

「仕事を掛け持ちして働くのは、肉体的にも精神的にも大変なことだ。お前が『裕太のためなら』と頑張って八万円も送金してくれた気持ちは、決して無下にはできない。いくら家族間のこととはいえ、うやむやに済ますつもりはないから」

夫からきつく絞られたのが堪《こた》えたのか、麻美は悄然《しょうぜん》と肩を落としてこちらを見ようとしなかった。

今回の件は彼女の両親にも報告され、裕太と共にしばらく実家に帰される予定だという。

午後八時過ぎに実家を出た頃には、すっかり辺りは暗くなっていた。吹き抜ける風はひんやりとしており、肌寒さをおぼえながら帰路についた依子は、ふと駅で伊尾木からメッセージが届いていることに気づく。

内容は「実家での話し合いが終わったら、うちに来られるか」というもので、何と返そうか迷った。

(どうしよう。わたしは明日も仕事だけど……)

本当は自宅に帰って家事をこなしたほうがいいのだろうが、こうして誘われると心が揺れる。

彼とは改めて想いを確かめ合っただけに、会いたい気持ちが募って仕方がなかった。

結局了解する旨の返信をし、依子は板橋から一時間弱かけて西麻布の伊尾木のマンションに向かった。

午後九時少し前に到着すると、彼が玄関で出迎えてくれる。

「お疲れ」

「お疲れさまです」

スーツのジャケットを脱いだ彼は、ネクタイをわずかに緩めている姿に色気があった。

顔を見ると、昨夜も熱く抱き合ったことを思い出し、顔がじんわりと赤らむ。そんな依子に冷たい緑茶を淹れてくれた伊尾木が、ソファに座りながら問いかけてきた。

「どうだった？　実家は」

「父は元気そうでした。久しぶりに会ったら、少し老けていて」

手渡されたグラスの中身を一口飲み、依子はホッと息をつく。

彼には父と示し合わせて抜き打ちで実家に行くことを、あらかじめ伝えていた。依子はグラスを手の中に包み込み、再び口を開いた。

「裕太にも会いましたけど……すごく背が伸びていて、驚きました。子どもって、わずか数年であんなに大きくなるんですね。たくさんいろんな話をしてくれて、楽しんで学校に行っているようです」

依子は一旦言葉を切り、核心部分を話し始めた。

「それで、肝心の話し合いの内容ですけど。父と二人で義母《はは》を問い詰めたところ、わたしに『裕太の入院でお金がかかる』と言って仕送りをさせていたのは嘘だと認めました。理由は、投資の失敗を補填するためだったそうです」

「投資か」

麻美が最初に現物株で儲けたことに気をよくして、信用取引での株式取引やＦＸにも手を広げていったこと、やがて相場が崩れてガタガタになり、最終的には追加証拠金を払えずに強制決済をされたことを話すと、伊尾木が考え込みながら言う。

「なるほどな。強制決済後に、借金を抱えたってことか」

「はい。どうやら父から預かっていた貯金から補填したらしく、通帳を確認したところ八割がなくなっていたそうです。わたしに『裕太の体調が』って言えば、お金を出すと思っていたと」

それを聞いた彼は、舌打ちしてつぶやく。

「君が弟を想う気持ちを利用して、一年ものあいだ搾取し続けていたのか。許せないな」

「わたしより、父のほうが怒っていました。普段はとても穏やかな人なんですけど、貯金の使い込みだけではなく、わたしを利用したのが許せないようで。これまでの仕送りと迷惑料を足した金額を、近日中に支払うと言われました」

依子は目を伏せ、手の中のお茶のグラスを見つめて「でも」と言う。

「義母《はは》を許せない気持ちは強くあるんですけど、裕太が病気ではなくて心からホッとしました。普段は外で元気に遊んでいるみたいで、今までは入院してそれもままならないと思っていただけに、不幸中の幸いです」

「そうだな。俺は君の義母は、買い物依存症かブランド狂いかのどちらかだと思ってたんだ。まさか投資を焦げつかせていたとは」

麻美が使い込んだ金額は大きく、事態は深刻だ。

ましてや彼女は、血の繋がらない娘である依子を体よく利用していた。帰り際に外まで見送りに出てきた父は、厳しい表情で「もしかしたら、麻美とは離婚するかもしれない」と言っていて、依子は暗澹たる気持ちになった。

「義母の一連の行動は、父との夫婦仲に決定的な亀裂を入れてしまったようです。確かに預金の大半を無断で使い込んだのは看過できないことですし、わたしから一年に亘ってお金を巻き上げていたことも、父の中では大きいと思います。でも……裕太のことを思うと、かわいそうで」

「それは仕方ないんじゃないかな。信頼関係を毀損《きそん》した相手に、今後も家庭を任せることは難しいだろう」

自分の告発がきっかけで家庭が壊れると思うと、依子の胸がじくじくと痛む。

するとそれを感じ取ったのか、伊尾木がやや語気を強めて言った。

「今回の件について、依子が罪悪感をおぼえる必要はない。むしろ君は被害者で、『義母に利用されて傷ついた』と声を大にして主張していいんだ。ただひとつ重要なのは、たとえお父さんが離婚という決断を下したとしても、娘として後ろから撃たずにいることじゃないかな」

確かにそのとおりだ。

目から鱗《うろこ》が落ちた気になりながら、依子は彼を見つめて言った。

「そうですね。わたし、裕太のことばかり考えて、父の気持ちを蔑《ないがし》ろにしてしまうところでした。もし話し合いの末に義母《はは》と別れることになっても、その決断について外野は誰も口出しできないはずなのに」

依子は小さく息をつき、しみじみとつぶやく。

「慶一さんと話していると、心の中で混沌としていたことが少しずつ整理されていく感じがします。冷静で言葉が的確だから、こちらも理論立てて考えられるようになるんでしょうね」

「そうかな」

「はい」

するとと伊尾木が、チラリと笑って言った。

「俺にできることは何でもするし、相談ならどんどんしてほしい。あ、今思い出したけど、依子の元彼のカメラマンは週刊誌Sからコンプライアンス違反で契約を解除されたみたいだ」

「そうなんですか？」

「ああ。昨今はマスコミのモラルが問われていて、警察沙汰になれば会社として外聞が悪い。あの男がやったことは立派な不法侵入だし、それでスクープが撮れても、週刊誌としては写真を使えないんだ。まあ、要は藍子さんがS誌の編集長にみっちりお灸《きゅう》を据《す》えた結果、向こうが今後のつきあいを考えてそういう決断を下したということみたいだな」

最上が撮った伊尾木と喜瀬の写真は、彼女とマネージャーの目の前で完全に消去されたのだと聞き、依子はホッと胸を撫で下ろす。

解雇するに当たっては、職務上知り得た事柄について口外しないという契約書にサインしているといい、とりあえずは二人が密会していたという情報が洩《も》れることはなさそうだ。

（よかった。結果的にわたしが最上くんをマンション内に引き入れた形になってしまったから、責任を感じてたんだよね）

伊尾木いわく、最上のような輩《やから》は同業者間であっという間に話が回り、トラブルメーカーとして使いづらくなるらしい。

また、彼がつかんだ〝特ダネ〟も、裏付けがなければ信憑性《しんぴょうせい》が薄いため、写真を消去された今は伊尾木と喜瀬について何も言えない状況なのだという。

依子は彼を見つめて言った。

「あの写真が表に出ないと聞いて、安心しました。やっぱり喜瀬さんって、大女優だけあって影響力がすごいんですすね」

「まあ、三十年も芸能界にいるからな」

彼は「ところで」と言って依子を見た。

「依子はもう、実家に仕送りをしなくてよくなったんだろう？　弟さんの病気は嘘だったわけだし」

「はい」

「じゃあ、ダブルワークをする必要もなくなるんじゃないか？」

伊尾木に指摘された依子は、虚を衝《つ》かれてつぶやく。

「……確かにそうですね」

「だったら今までみたいに根を詰めて働かず、本来やりたかったフラワーショップの仕事一本にしていいんじゃないかな。俺としても、依子が無理をしていたのが心配だったから、そうしてくれると安心する」

これまでのダブルワークから解放され、好きな仕事一本にできる——その事実は、依子にとって新鮮だった。

仕送りをしなくていい分、お金に余裕ができ、フラワーショップの収入だけで充分暮らしていける。

だがひとつ気にかかることがあり、伊尾木に向かって言った。

「でも……そうなると、この家での家事代行は他の人にお任せすることになります。それでも構いませんか？」

「あー、その問題があったな。本当は他人をプライベートに立ち入らせたくないんだが、背に腹は代えられない。受け入れるよ」

それを聞いた依子は少し考え、顔を上げて告げる。

「わたしでよければ、この家に来たときに家事をします。そうすれば家事代行の費用が浮きますよね？」

「いや、それは駄目だ。今まで対価をもらってしていた仕事なんだから、そんな安請け合いするものじゃない」

そこで彼はふと思いついた顔で、依子を見た。

「だったら俺がクオド・アソシエイツではなく、依子に直接お金を払えばいいんじゃないか？　もちろん仕事みたいにきっちりしてくれなくていいし、俺もできるかぎり自分でやる。そうすれば君の懐も潤うし、一石二鳥だ」

「ま、待ってください。家事代行の仕事を辞めておきながら、慶一さんからお金をいただくわけにはいきません。わたしが個人的にしてあげたいだけですから」

「もう決定事項だ。いくら依子が俺の恋人だからって、無料《ただ》で身の回りの世話をしてもらおうとは思わない。元々支払っていた金なんだから、まったく懐は痛まないし」

あまりにも伊尾木が強硬に言い張るため、依子は「ならば、今までクオド・アソシエイツに支払っていた金額の半額をもらう」というところで折り合いをつける。

そしてため息をついて言った。

「慶一さんって、変なところで頑固ですよね。つきあっている彼女が家事をするくらい、世間では珍しくないのに」

「依子は仕事として家事代行をしていた、いわばプロだろう。俺は君の片づけの手早さや料理の味に、敬意を抱いている。だからきちんと対価を受け取ってくれるとうれしい」

彼は笑い、依子の手を握って言う。

「これから先もいろいろな出来事があるだろうし、ときには問題も勃発するかもしれない。でもそのたびにこうして話し合って、お互いに折り合える部分を探していきたい。それでいいか？」

こちらを見つめる眼差しと手を握る強さに胸がじんとするのを感じながら、依子は微笑む。

そして伊尾木の手を握り返しつつ、笑顔で答えた。

「はい。——どうぞよろしくお願いします」

エピローグ

五月の第二日曜日は母の日で、フラワーショップＣｈｏｕｅｔｔｅ六本木店は目が回るような忙しさだ。

店頭にはスタンダードな赤のカーネーションの他、くすんだピンク色の〝アンティグア〟、赤紫色の〝ハイパーワイン〟、シックなベージュの〝グレオラ〟など、珍しい品種を数多く置いている。

価格帯に幅を持たせた花束や、卓上に置けるバスケット、華やかな箱詰めなど、母の日にちなんだアレンジメントが飛ぶように売れた。

それ以外にも、客の希望に応じて花束も作るため、スタッフたちはてんてこまいだ。

店内にいる客から「すみません」と呼びかけられた依子は、作業台の前で顔を上げて言った。

「はい、ただいまお伺いいたします」

依子がこの会社の正社員になって、もう半年になる。

それまでは週に四日のアルバイトだったが、ダブルワークを辞めるタイミングで社員に採用してもらうことはできないかと店長に打診したところ、ちょうどスタッフが一人産休に入るタイミングだったために二つ返事でＯＫがもらえた。

とはいえ、慢性的な人手不足を何とかしのいでいた店舗のため、毎日多忙だ。店長の島村と花の仕入れに行くときは、朝四時に起きて五時には市場に向かう。

イベントの需要とその時季の流行などをよく見極め、どの花をどれだけ仕入れるかを実地で見られるのは、とても勉強になった。

正社員の仕事はアルバイトと比べて格段に多く、店舗ではシーズンごとのディスプレイを考案し、客の購買意欲を煽るような花束やアレンジなどを作成しなければならない。

それ以外にも、アルバイトのシフト管理や花の予約受付、展示会などの出張、近隣への配達業務もあり、目が回るような忙しさだ。しかし幼少期からずっと花屋の仕事に憧れを抱いていた依子にとっては、とてもやりがいがあるものだった。

その日は夜まで客がひっきりなしに訪れ、早番が夕方で帰ったあとは特に忙しくなった。午後八時に閉店すると、島村がスタッフたちに向かって言う。

「皆さん、母の日お疲れさまでした。去年より売れ行きがよかったのは、スタッフたちの頑張りのおかげです。明日に回せる作業は回して、今日は早めに帰って休んでね」

閉店までに少しずつ片づけをしていたため、午後八時十五分に全員で退勤する。

店の前で「お疲れさまでした」と頭を下げて歩き出した依子は、疲労感でいっぱいになりながら小さく息をついた。

（はあ、やっと終わった。今日は朝から通しだったから、疲れたな）

以前は小伝馬町駅近くに住んでいたため、仕事のあとは地下鉄を使い約四十分かけて帰っていたが、今は違う。

Ｃｈｏｕｅｔｔｅの正社員になった半年前から、依子は恋人の伊尾木のマンションで一緒に暮らしていた。理由は、彼の住まいから店までが徒歩五分だからだ。

伊尾木のマンションからＴＴＢテレビまでは徒歩十分ほどで、Ｃｈｏｕｅｔｔｅはその中間地点にある。依子が四十分かけて通勤しているのを知った彼は、あっさり言った。

『だったらうちで、一緒に住まないか？　職場まで徒歩五分の立地は魅力的だろう』

『そ、そんな。こんなすごいマンション、わたしには勿体《もったい》ないです。身の丈に合った生活をしますから』

『別々に暮らしていたら、会う時間を作るのも大変だろ。俺は依子と、もっと一緒にいたい』

彼の再三の説得に応じる形で引っ越しを了承したが、確かに通勤時間がわずか五分という立地はとても快適だった。

これまで満員の地下鉄に揺られて通勤し、くたくたに疲れて帰宅してから家事をこなしていたのとは大違いだ。

そして伊尾木との生活は、思いのほか依子にしっくりと馴染んでいた。朝晩は一緒に過ごすことができ、同じベッドで眠る。

彼は仕事の勉強に集中する時間も多いが、そのとき依子は本を読んだりテレビを見たりと好きなことをするため、互いにプライベートな時間が取れていた。

（初めて慶一さんに会ったときは、まさか彼と恋人同士になるなんて思わなかった。だって顔を隠していたくらいだし）

九ヵ月前の出来事を思い出し、依子は微笑む。

当時の伊尾木はテレビ局アナウンサーという仕事柄、人から見られることにナーバスになっており、家事代行でマンションを訪れた依子の前で顔を隠していた。

しかし依子が彼を知らなかったことで警戒心を解き、徐々に距離が縮まっていった。

想いが通じ合ったのも束の間、伊尾木と女優の喜瀬藍子の熱愛記事がスポーツ新聞に載ったり、芸能人のプライベートを嗅ぎ回っている元彼の最上をマンション内に引き入れてしまったりとゴタゴタしたが、彼はその後週刊誌の編集部からカメラマンの職を解雇された。

（どんなに特ダネをつかんでも、それが不法侵入で得た情報なら明るみには出せないんだって慶一さんは言ってた。今はコンプライアンスにうるさいからって）

あれから最上が姿を現すことはなかったため、きっと上手く処理できたのだろう。

だが他のマスコミは伊尾木と喜瀬の熱愛の裏付けを取ろうと躍起になっており、その後しばらく彼らにつけ回されることになった伊尾木は、うんざりしていた。

喜瀬が思いがけない発言をしたのは、その頃だ。テレビのトーク番組に出演した彼女は、歯に衣《きぬ》着せぬ司会者からプライベートについて聞かれ、微笑んで答えた。

『皆さんがお聞きになりたいのは、私が年下のテレビ局アナウンサーとおつきあいしているのかどうかということでよろしいのかしら』

喜瀬が自分からその話題を口にしたことに面食らいながら、司会者が「喜瀬さんさえよろしければ、差し支えない範囲でお話ししていただけたら」と言うと、彼女がさらりと答えた。

『恋愛関係かと言われれば、それは「違う」と言わざるを得ませんわ。だって私と彼は、親子ですから』

『えっ？』

『親子なんです。慶一は私が産んだ正真正銘の息子ですので、あのスポーツ新聞の写真は熱愛でも何でもないんです』

あっけらかんと告げられた言葉はそのままオンエアされ、世間を大きく騒がせることになった。

喜瀬は年齢非公開で、四十代前半だと思われている。「現在三十一歳の伊尾木慶一と喜瀬藍子は、親子とはとても思えない」という意見や、「もしかして彼の父親と再婚した、義理の母親なのでは」という憶測まで飛び交ったものの、彼女はその後信頼できる雑誌の独占インタビューですべてを語った。

自分の現在の年齢は四十八歳で、伊尾木慶一はデビュー前の十七歳のときに産んだ子どもであること。諸事情から息子を従兄夫妻に育ててもらうことになり、伊尾木は彼らと特別養子縁組を結んで親子となったこと。

しかし片時も忘れたことはなく、足しげく伊尾木家に足を運んでは成長を見守り続けていたのだと、涙ぐみながら語った。

『息子がテレビ局のアナウンサーになったこともあり、これまでは親子関係がばれないよう、細心の注意を払ってきました。ですが毎年彼が誕生日を祝ってくれることがうれしくて、思わず飲みすぎて首に抱きついたところを、写真に撮られてしまったんです。このように大きな騒ぎになってしまい、息子に迷惑をかけてしまったことを、非常に心苦しく思っています』

女優の喜瀬藍子と人気テレビ局アナウンサーの伊尾木慶一が親子である事実は、瞬く間に業界を駆け回り、驚きをもって受け止められた。

彼女の若々しい美貌は、伊尾木と並ぶとカップルにしか見えない。何より〝父親は誰なのか〟という部分に大衆の興味があったが、喜瀬は「それは公表いたしません」ときっぱり言って詳細を語らなかった。

一方、彼女が突然親子関係を公表したことは、伊尾木にとって寝耳に水だったらしい。「なぜいきなり、こちらに相談もなしに公表したのか」と彼が問いかけたところ、喜瀬はこう答えたという。

『だっていつまでも事態が収束しないし、私のせいであなたが恋人とぎくしゃくするのは、本意じゃないから。だったらいっそ親子関係を明かしてしまえば、私も堂々と慶一に会えるようになって、あなたのほうも恋人の存在がマスコミにばれたときに面倒にならずに済んで、一石二鳥でしょう？』

公表直後、伊尾木の元には多くのマスコミが詰めかけた。

何か答えなければ事態が収束しないと判断した彼は、退勤してテレビ局を出たところで足を止め、「伊尾木さん、喜瀬藍子さんと親子であるという報道は事実ですか」という問いかけに一言だけ答えた。

『――はい。事実です』

伊尾木の発言に色めき立ち、彼らはより深く聞いてこようとしたものの、伊尾木がその件について話すことは一切なかった。

騒動の最中《さなか》、マンションでテレビのワイドショーを見ながら、依子は伊尾木に「あの」と問いかけた。

『もし答えたくなかったら答えなくていいんですけど、慶一さんの本当のお父さんは芸能界の方なんですか？』

すると彼は、あっさり答えた。

『映画監督の、南雲忠利《なぐもただとし》だ』

『えっ、あの有名な？』

南雲忠利といえば、国内外の映画賞を数多く受賞している映画界の巨匠だ。

伊尾木いわく、喜瀬は幼少期から女優を志しており、十六歳のときに演劇のワークショップを通じて南雲と知り合ったらしい。

喜瀬の圧倒的な存在感と美貌、そして演技に対する貪欲なまでの情熱を目の当たりにした南雲は、彼女に興味を抱き、やがて男女の関係になったという。

それを聞いた依子は、戸惑って言った。

『でも南雲監督って、亡くなられてからだいぶ経ちますよね。それに喜瀬さんとは、かなり歳が離れていたんじゃ……』

『ああ。当時の藍子さんは十六歳、南雲監督は六十歳だ。彼は離婚して独身だったが、年齢差がありすぎて結婚するのは現実的ではなかった。二人は真剣に惹かれ合っていたというが、世間からは〝監督という立場を利用した、女優志望の未成年に対する淫行〟と受け止められてもおかしくないからな。結局、藍子さんは周囲の反対を押しきって未婚のまま出産し、俺を従兄の養子にしたあと、南雲監督の作品で女優デビューした』

弱冠十七歳でありながら高い演技力を見せつけた彼女は、それから実力派女優として着実に名声を高めていった。

南雲監督との関係は水面下で続いていたものの、彼が六十六歳で病死したあとは吹っ切り、それなりの恋愛遍歴を重ねてきたらしい。

伊尾木は実の父親に会ったことは一度もなかったが、それは南雲監督の〝けじめ〟

だったという。

『俺は伊尾木家の養子になっていたから、監督は「父親として何もしてやれていない自分が、息子に会う資格はない」と考えていたみたいだ。でも彼の血を引く子どもは俺一人だったし、本当は会いたい気持ちを持っていたようで、藍子さんが写真を見せたらずっとそれを眺めていたって』

南雲監督が亡くなったあと、遺言書には〝息子の伊尾木慶一に、すべての財産を譲る〟という内容が記載されており、他に目ぼしい親族がいなかったことから彼はそれを受け取ったのだと語った。

つまり伊尾木は実父である南雲監督から相続した遺産に加え、毎月入ってくる伊尾木製薬の株の配当金、そしてテレビ局社員としての給料と、莫大な財産を保有していることになる。

それを聞いた依子は、あまりに途方もない話に唖然《あぜん》としてしまった。

(喜瀬藍子さんの息子ってだけでも驚いたのに、父親が映画監督の南雲忠利で、しかも資産家? つくづく慶一さんって、すごい人なんだ)

彼に比べて自分はごく平凡で、依子は気後れしてしまう。

半年前まで必要に迫られてダブルワークをしていた依子は、常に生活を切り詰めていたため、節約する感覚がいまだに抜けていない。

その原因となった義母の麻美は、現在父と離婚協議の真っ最中だ。事が明るみに出たあと、彼女は必死に謝ってきたというが、父の中で失われた信頼を回復するには至らなかったらしい。

麻美は何とか父の怒りを解こうとしており、依子のスマートフォンにも長文の謝罪メールと、「正治さんが離婚を思い留まるよう、上手く取りなしてほしい」という内容のメッセージが何度も届いていた。

しかし依子は、今のところ返事をせずに傍観している。

(これまでお義母さんにされた内容を考えたら、あっさり許すことなんてできない。わたしは一年にも亘って、時間とお金を搾取され続けてきたんだから)

あの話し合いのあと、これまで仕送りしてきたお金はすぐに父から返還された。

だが麻美は口では「反省している」と言いつつも、実家に戻されてからも外で働く気配は一切なく、父いわく「使い込んだ貯蓄を、自ら弁済しようという必死さがない」のだそうだ。

今はまだ彼女がごねているものの、そう遠くない将来、二人は離婚するに違いない。

裕太にとってはショックな出来事だろうが、それはかりは仕方がないのだと依子は諦めていた。

（二人が離婚したら、わたしは姉としてできるかぎり裕太の精神面をカバーしよう。たとえ一緒に暮らすことができなくても、お父さんとわたしはずっとあの子の家族なんだって伝えなきゃ）

そんなことを考えながら夜道を五分ほど歩いた依子は、西麻布のマンションに到着する。

エレベーターで九階に上がり、玄関の鍵を開けると、リビングから伊尾木が顔を出した。

「おかえり」

「ただいま戻りました」

こうして挨拶するのは、本当はまだ照れ臭い。

こんな立派なタワーマンションに出入りすることが、身の丈に合っていないのではないかという葛藤も心の隅にあった。そんな依子の気持ちを知ってか知らずか、伊尾木が言う。

「夕飯、もうすぐできるから座っててくれ」

「あ、手伝います」

この半年間で変化したことのひとつは、彼が料理をするようになったことだ。

クオド・アソシエイツに家事代行を申し込むまで、洗濯と掃除だけは必要に迫られてやっていたという伊尾木は、家政婦が当たり前にいる大きな屋敷で育ったがゆえに料理をした経験がなかった。

だが依子とつきあうようになってからというもの、仕事外で家事を任せるのはフェアではないと思ったらしく、積極的に料理の手順を聞いてくるようになった。

(掃除洗濯をするのも台所に立つのも、わたしは全然苦じゃないから任せてくれていいのに。慶一さんって、変なところが真面目なんだよね)

最近の彼は自分でレシピを調べて夕食を一人で作る日がときどきあり、依子はそのたびに恐縮してしまう。

今日のメニューは鶏肉とブロッコリー、じゃがいものバジルガーリックソテー、ペンネのボロネーゼ、ベビーリーフとグレープフルーツのサラダ、かぼちゃのポタージュだ。

依子が手を洗う頃にはどれも仕上げの段階になっており、思わず感心してつぶやいた。

「慶一さん、どんどんお料理が上手になりますね。彩りもきれいですし」

「まだまだ依子には及ばない。これも結構手抜きだし」

伊尾木いわく、ちゃんと作ったのはバジルガーリックソテーだけで、それも市販のソースを使ったらしい。

ボロネーゼは以前依子が作って冷凍していたものであり、サラダはグレープフルーツを剥《む》き、ポタージュは既製品を温めただけだという。

ダイニングテーブルに料理を並べて食べ始めたところ、彼が眉をひそめて言った。

「このじゃがいも、レンチンしたせいかちょっと固いな。やっぱり茹でたほうがよかったか」

「わたしは気になりませんけど、もう少し食感を柔らかくしたかったら、レンジの加熱時間を一分延ばすか、炒め時間を延ばすといいかもしれませんね」

「なるほど」

とはいえ、仕事から帰ってきてわずか四十五分でこれだけの料理を作れれば、充分立派だ。

主婦でも難しいことを難なくこなす伊尾木を前に、依子はすっかり感心してしまう。

（慶一さん、元々すごく器用なんだろうな。料理を始めた途端、すぐにコツをつかんで手早くこなせるようになってるし）

そんな彼を見つめ、依子は「あの」と切り出した。

「わたしが毎月いただいてる、家事代金のことなんですけど。最近の慶一さんは掃除も洗濯も手伝ってくれますし、こうして晩ご飯まで作れるようになっています。わたし一人ですべてをこなしているわけではないので、お金のやり取りはもうやめにしませんか？」

依子が家事代行サービスの仕事を辞める際、「今までクオド・アソシエイツに支払っていた金額の半分をもらう」という約束で家事を引き受けたはずだが、一緒に暮らし始めてからの伊尾木は手が空いたときに掃除や洗濯を積極的にしてくれている。

その一方、彼は依子から家賃や光熱費を頑《かたく》なに徴収せず、引け目を感じていた。そんな依子の言葉を聞いた彼が、眉を上げて言った。

「俺は多少手伝っているといっても完璧にできているわけではないし、依子がいないと今の状態を保てないなら、やっぱり君の労働力に依存しているんだと思う。だから今までどおり家事の代金を受け取ってくれたほうが、気持ち的には楽なんだが」

「でも……恋人同士なのにお金のやり取りをするのは、やはり気兼ねしてしまいます。だったらいっそわたしが家事をすべて引き受けたほうが、全然気楽なんですけど」

するとと伊尾木はしばらく考え、ふと思いついた様子でこちらを見た。

「じゃあ俺の収入を全部依子に預けるから、それを自由に使ってくれないかな。そうすれば、いちいち金のやり取りをせずに済むだろう」

あまりに思いがけないことを言われた依子は仰天し、慌てて言った。

「け、慶一さんの収入を預かることなんてできません。だって毎月すごい金額が入ってくるんですよね？」

「別に構わない。君がどんなふうに使ってくれても気にならないし」

「わたしが気にします。責任が持てませんから」

焦る依子を見た彼が、小さく噴き出す。そしてワインを一口飲み、さらりと言った。

「――じゃあ、言い方を変えよう。俺が持っているもの全部を、君に預けたい。そういう〝責任〟を、当たり前に持てる関係になってくれないかな」

「えっ？」

「結婚しよう、依子」

あまりに唐突にプロポーズされ、依子は言葉を失う。

しばし呆然としたあと、小さく伊尾木に問いかけた。

「どうして……」

「理由は至って単純だ。俺は仕事以外の時間を依子と共有して、家事を一緒にしたり、こうして向かい合って食事をすることに安らぎを見出してる。特段派手さのない日常でも、君がいてくれるだけで楽しくなるんだ」

――彼は語った。

以前は仕事優先で家の中が荒れ果てても構わず、知らず気持ちまで荒《すさ》んでいたが、そんな自分を立て直してくれたのが依子であること。

今は生活全般が整っていると感じていて、その分仕事に集中でき、とても感謝していること。

伊尾木の言葉を聞いた依子は、恐縮しながら言った。

「それは、慶一さん自身の努力の賜物です。荒れた部屋をどうにかするために自分で家事代行サービスに申し込みましたし、その後はわたし一人に家事が任せきりにならないよう、掃除や洗濯を手伝ってくれたり、こうして晩ご飯まで作れるようになっています。全部自分の意思で行動した結果なんですから」

「でも、そのきっかけを与えたのは間違いなく依子だ。外では意図して爽やかな人格を作っているが、君の前では素でいられる。俺を色眼鏡で見ず、ひとりの人間として尊重してくれるから、一緒にいてリラックスできるんだ。こんな人間は、きっと他にいない」

「……慶一さん」

依子が彼を色眼鏡で見ないのは有名なアナウンサーだと知らなかったからだが、こんなふうに言われると胸がきゅうっとする。

だが伊尾木は女優の喜瀬藍子を母親に持ち、映画監督の南雲忠利の血を引いていて、伊尾木製薬の御曹司でもある。

一般庶民の自分とはあまりにも境遇が違いすぎて、依子は自分の中に浮かんだ不安を正直に口にした。

「でも……わたしは慶一さんに比べると家柄が劣っているので、もしかするとご家族が眉をひそめるかもしれません。つきあうだけならともかく、いざ結婚となると反対されるんじゃないでしょうか」

「そんな心配はない。まず藍子さんのほうは、俺が『今つきあっている彼女の前では、素を出せる』というのを聞いて喜んでいた。それから伊尾木家のほうだが、両親は昔から俺の自主性にすべて任せてくれているんだ。伊尾木製薬ではなくテレビ局に入ると言ったときも快く了承してくれたし、だからといって無関心というわけではなく、〝やりたいことを応援する〟というスタンスでいる。そういう人たちだから、俺が生涯を共にしたい女性がいると言えば、諸手を挙げて歓迎してくれるはずだ」

具体的に説明してくれるのを聞き、依子はじっと考える。

(大きな会社を経営する名家だから、てっきり厳格な家庭なのかと思ってたけど、意外にリベラルな人たちなのかな。慶一さんの話を聞くかぎりでは、わたしの素性に眉をひそめられることはなさそう)

そんなことを考える依子を見つめ、伊尾木が言葉を続けた。

「それに俺は、依子と一緒に堂々と外を歩きたい。以前同じことを藍子さんが言っていて、そのときは『自分たちが親子であるのは秘密なんだから、仕方ないだろう』って彼女を諭してた。でも今は、その気持ちがよくわかるんだ。きっと藍子さんは、俺が彼女にとって自慢の息子で、強い愛情があるからこそ、誰に恥じることなく堂々と外を歩きたかったんだと思う。今の俺も、依子に対して同じ気持ちを抱いてるよ」

彼はテーブル越しに腕を伸ばし、こちらの手に触れながら言葉を続けた。

「俺は外面こそいいが素は至って淡々としてるし、表で気を張り詰めている分、家では反動のようにだらしなくなってしまう二面性のある人間だ。それは複雑な家庭環境が影響していて、両親にとって恥じない息子でいるために優等生の仮面を被ったのが、そもそもの始まりだったと思う。〝喜瀬藍子と南雲忠利の息子〟という秘密を抱えていたから、なおさら内面を押し隠そうとして不愛想になっていたんだろう。でも、依子の前ではそうしたものをすべて取っ払って、本当の自分でいられる。そんな唯一の存在なんだ」

伊尾木は一旦言葉を切り、「だから」と続ける。

「この先の人生もずっと隣にいて、俺の安らぎであり続けてくれないか？　もちろん俺が一方的に依存するんじゃなく、依子を幸せにできるように努力するから」

彼の言葉が胸に染みて、依子はぐっとこみ上げてくるものを感じる。

最初は過剰なまでに顔を隠して見せようとせず、口調も尊大で、とっつきにくい人だと思っていた。

だが話をするうち、気持ちをきちんと言葉にしてくれるところや真面目な性格、知的な部分に惹かれ、いつしか一人の男性として意識するようになっていた。

端整な容姿も心を疼かせ、家事などでこちらに一方的に負担をかけないようにという気遣いを随所に感じる。

伊尾木のバックボーンに腰が引けているのは相変わらずで、「自分なんかが、彼にふさわしいのだろうか」という思いを拭いきれていない。だが彼の誠実さと、「君を幸せにできるように努力したい」と言ってくれる真心を信じたい――そんな気持ちが、依子の中にあった。

依子は目の前の伊尾木を見つめ、口を開いた。

「本当は、まだちょっと不安があります。慶一さんは有名なアナウンサーで、大きな企業の御曹司で、喜瀬さんの息子さんでもあって。そんな人とわたしが釣り合うのかと思うと、どうしたって均衡は取れていないですし」

「依子、それは――」

彼が何か言いかけたものの、依子は笑って言葉を続ける。

「でも今の慶一さんの言葉を聞いて、ふっと気が楽になりました。こんなふうにわたしのことを想ってくれて、わたしも慶一さんを好きな気持ちがあるのなら、もうそれだけでいいのかもしれないって。今こうして二人で穏やかに暮らしていて、それをこの先もずっと続けていけるなら、それがわたしたちにとってきっと一番幸せな形なんですよね」

それを聞いた伊尾木が、ホッとしたように気配を緩めた。

「依子が引け目を感じる必要はない。最初から一貫して真面目で、地に足がついている堅実な君を、俺は尊敬しているから」

「普通なだけが取り柄ですから、あまり持ち上げないでください」

「〝普通〟っていうのが案外一番難しいのかもしれないと、俺はつくづく思うよ。だからかな、依子といると、すごくリラックスできる」

彼が改めて手を握り、こちらを見つめて真摯な口調で言う。

「――俺と結婚して、この先の人生を共に歩んでほしい。君に対していつも誠実でい続け、どんなことからも守るから」

それを聞いた依子は、目が潤むのを感じる。

目の前の伊尾木を見つめ、幸せな気持ちで頷いた。

「はい。わたしは慶一さんの傍で、ずっと〝普通〟であり続けます。――だから五年後も十年後も、一緒にいてください」

番外編　あなたといつまでも

テレビ局は、とても忙しい職場だ。

番組の収録や編集作業が昼夜問わず行われ、早朝から深夜まで慌ただしい。人気芸人や俳優、女優やアイドルはもちろん、歌手や文化人も多く行き来する廊下は華やかで、どの時間帯でも「おはようございます」という挨拶が飛び交う。

午前十一時に出勤した伊尾木は、ランチを取るべく十二時過ぎに社員食堂に向かった。窓に面した一人用の席でチキン南蛮定食を食べていると、ふいに横から声をかけられる。

「伊尾木さん、お隣いいですか？」

トレーを手にそこにいたのは、女性アナウンサーの藤木絵梨佳《ふじきえりか》だ。入社三年目で、愛くるしい容貌と天然な発言で人気があり、バラエティー番組を中心に活動している。彼女はニコニコして言った。

「私、ずっと伊尾木さんとお話ししたいって思ってたんです。でも報道局に行く機会がなかなかなくて、さっき一人でいるのをお見掛けして、『チャンスだ』って思っちゃいました」

藤木は伊尾木の隣の席に座り、食事をそっちのけで喋り始める。

気づけば周囲の女性たちの視線がチラチラとこちらに向けられていて、伊尾木はにこやかな表情を浮かべて彼女の話を聞きつつ、内心うんざりしていた。

(失敗した。食堂じゃなく、自分のデスクでコンビニ飯にすればよかった)

喜瀬が伊尾木との親子関係を公表してから半年が経つが、あれ以来こうして話しかけてくる女子アナがぐんと増えた。

どうやら改めて伊尾木のバックボーンがクローズアップされ、〝喜瀬藍子を実母に持ち、なおかつ伊尾木製薬の御曹司〟であることが特別に見えているようだ。

こんなふうに昼休憩を狙って話しかけてきたり、人づてに繋ぎを取ろうとする者が後を絶たず、じわじわとストレスが溜まっている。

(早く依子と入籍して、それを公表したいな。でも上手くタイミングを見極めないと、彼女がマスコミに追いかけ回されてしまう)

伊尾木が依子にプロポーズしたのは、二週間前の話だ。

受け入れてくれた彼女は早速駐在先の父親に電話をかけ、伊尾木との結婚の意思を伝えた。

彼はとても驚いていたというが、伊尾木が電話を代わって挨拶したところ、本当のことなのだと実感したらしい。結婚を喜んでくれた父親は、近いうちに帰国して伊尾木の両親との顔合わせに参加すると約束してくれた。

そしてその週の土曜、伊尾木は依子を伴って松濤《しょうとう》にある実家を訪れた。戦前から製薬会社を経営している伊尾木邸はかなり大きく、彼女は建物を見ただけですっかり萎縮しているようだったが、両親は伊尾木の結婚の報告を聞いて喜んでくれた。

『慶一と藍子の熱愛報道が出たときはどうしようかと思ったが、まさかお前がこんなに素敵なお嬢さんとおつきあいしていたとはな』

『依子さん、あのときは驚いたでしょう。報道を知ったあとも、慶一とおつきあいを続けてくださってうれしいわ』

伊尾木の父親の哲也は紳士的な人で、母親の紀恵《のりえ》は小柄でふんわりした雰囲気の女性だ。

しばしの雑談のあと、哲也が紅茶のカップをソーサーに置いて依子に言った。

『ご存じのとおり、慶一は私たちの実の子ではありません。私たちには長いこと子どもができず、従妹《いとこ》の藍子が生んだ慶一を迎えたときは望外の喜びでした。彼が私たちを親にしてくれたし、我が子として慈しむ気持ちは実子である誠二が生まれてからも変わらなかった。大切な息子だと思っているからこそ、彼の自主性を尊重し、アナウンサーの仕事も応援してきたのです』

彼の話を、依子は神妙な面持ちで聞いていた。哲也が「ただ」と言葉を続けた。

『私たちの目から見たテレビでの慶一は、本来の性格を抑えてだいぶ無理をしているように見えます。でも依子さんの前では自然体でいられるのなら、それはとても喜ばしいことです』

それを聞いた伊尾木は、「やはり赤ん坊の頃から育てただけあって、父は自分の素の顔がわかってるのだな」と考えていた。

そして本来の性格を押し殺し、〝爽やかで品行方正なアナウンサー〟という人格を完璧に演じているのを見て、心配してくれている。哲也が微笑んで言った。

『慶一が選んだ相手なら、私たちに結婚を反対する理由はありません。依子さん、彼の仕事柄、支えるのはときに大変かもしれませんが、どうか息子をよろしくお願いします』

両親に揃って頭を下げられ、依子が慌てて答えた。

『こ、こちらこそ。慶一さんはとてもしっかりされている方なので、わたしが支える必要はあまりないかもしれません。ですがどんなときも、隣に寄り添っていけたらと考えています』

彼女がこちらをチラリと見つめてきて、伊尾木は頷く。

それに力を得たらしい依子は、両親に向き直ると居住まいを正して言った。

『これから慶一さんと一緒に、ご両親が安心してくださるような穏やかな家庭を築いていきたいと思います。――どうか末永く、よろしくお願いいたします』

それから一週間後に依子の父が帰国し、昨日伊尾木の屋敷で両家の顔合わせが行われたが、それには喜瀬も参加した。離婚協議中の麻美はその席にはおらず、両親にはその旨を先に伝えてあった。

場の空気は和やかだったものの、依子はかなり気を使っていたようだ。双方の親の意向を汲んで結婚式をすることになり、大々的なものではなくごく内輪での挙式を予定しているが、はたしてそれは依子の本意なのかが伊尾木は気になっている。

(本当はやりたくないのに、無理して周りに合わせようとしてるんじゃないかな。結婚は二人のことなんだから、それだと本末転倒だ)

そう考えた伊尾木は、帰宅してから彼女に「もし式をするのが気が進まないなら、俺が上手く断ろうか」と提案したが、依子はそれを否定した。

『大丈夫です。せっかくお義父《とう》さんやお義母さん、それに喜瀬さんが勧めてくださってるんですから、やったほうがいいと思います。うちの父も、わたしのドレス姿を楽しみにしてくれてますし』

はたしてそれは、依子の本心なのだろうか。伊尾木が昨日の出来事を思い返し、考え込んでいると、隣で藤木が「伊尾木さん」と呼びかけている。

「はい？」

「もう、さっきから呼んでるのに。私の話、ちゃんと聞いてくれてました？」

「いや、……」

「今度一緒に美術館に行きませんかって、お誘いしてるんですけど。伊尾木さん、先日現代アートの番組のナレーションをされてましたし、きっとお好きですよね？」

上目遣いに見つめられ、伊尾木はその眼差しの向こうにさまざまな打算を感じてうんざりする。

だがそうした気持ちは一切表に出さず、ニッコリ笑って答えた。

「申し訳ありませんが、今は忙しくて。他の方をお誘いしてください」

「あの……」

「失礼します」

トレーを手に立ち上がり、席を離れる。

結婚を公表したあとはこの煩わしさから解放されるのだから、もう少しの辛抱だ。挙式は二ヵ月後を予定しており、喜瀬の伝手《つて》で都内の式場を押さえることができている。

だがそれから数日して、伊尾木は依子の態度に不可解なものを感じるようになった。

（……おかしい）

自宅での依子は、こちらをじっと見つめていたかと思えば、伊尾木が視線を向けるとパッと目をそらす。

声をかけようとした途端に「お風呂に入ってきます」と言ってそそくさとリビングを出ていってしまったり、一緒にキッチンに立っているときに身体が触れ合いそうになるとサッと身を引いたりと、どこかよそよそしい。

（……何だろう。俺は依子に、何かしたか？）

思い当たることは何もなく、釈然としないままベッドで彼女の身体を引き寄せると、それには素直に応じる。

そうしたことが数日続くうち、伊尾木は次第に不安になってきた。

（もしかして、彼女は俺との結婚を了承したことに後悔してるのかな。でもそれを言い出せず、悩んでいるのだとしたら——）

思えば初めて両親に会わせたときや、両家の顔合わせのときも、依子はひどく緊張していた。

親同士の強い要望で結婚式をすることになったが、それが負担になっていないか。伊尾木は週末しか挙式の打ち合わせに参加できず、細かい部分は彼女に任せきりになっている。

もしそうしたことが原因で気鬱を深めているのだとしたら、由々しき問題だ。ニュースの原稿を見つめながら、伊尾木はぐっと唇を引き結んだ。

(俺は依子に、負担をかけたくない。どうしてもしたくないのなら、式なんて挙げなくてもいい)

依子が心理的負担を感じたり、不安をおぼえているなら、それをすべて取り去ってやりたい。

だがそう思う一方、結婚自体を取りやめるという決断ができず、ふと苦笑いする。

(まさか、こんなに好きになるなんてな。一生他人には心を開けないかもしれないと思っていたのに)

最初は自分のことを知らず、塩対応だった彼女に自尊心を傷つけられた。

だが気がつけば誰よりも心安らげる人間になっていて、一生を添い遂げる相手は依子以外考えられない。何か悩んでいるなら、できるかぎり彼女に寄り添いたい――そんな思いがこみ上げて、仕方がなかった。

その日、「今夜こそちゃんと話し合おう」と決意した伊尾木が午後七時半に帰宅すると、依子は不在だった。今日の彼女は仕事が休みのはずで、外出する予定を聞いていなかった伊尾木は、内心首を傾げる。

(どこに出掛けてるんだろう。メッセージを送ってみるか)

そう思い、スマートフォンを取り出した瞬間、玄関のほうで物音がして依子が帰ってきた。

慌ててリビングに入ってきた彼女は、伊尾木の姿を見てどこか狼狽したようにつぶやく。

「け、慶一さん。帰ってたんですね」

「ああ。君がいないからどこに行ったのかと思って、今メッセージを送ろうとしていたところだ」

「あの、ちょっと……その、気晴らしです。今お夕飯を用意しますから、先にシャワーを浴びてきたらどうですか?」

しどろもどろな口調が不自然に思え、伊尾木は内心引っかかりをおぼえる。

しかしそれ以上追求せず、勧められるがままにバスルームに向かった。そして脱衣所でスーツを脱ぎ、コックを捻《ひね》ってシャワーの湯を出しながら、じっと考える。

（依子は何であんなに焦ってるんだろう。どこに行っていたのかも、はっきり言わないし）

先ほどのことも含めて、やはり今夜はしっかり話し合うべきだ。

そう心に決め、シャワーで髪と身体を洗った伊尾木は、リビングに戻る。するとキッチンでは夕食の配膳が途中になっていて、依子の姿がなかった。

「依子？　一体どこに……」

リビングに彼女はおらず、伊尾木は寝室へと足を向ける。

するとドアが半開きになっており、中に向かって再度呼びかけようとした瞬間、依子が声をひそめて話す声が聞こえた。

「……はい、今はもう家です。でもさっき帰宅したときはもう彼が帰ってきていて、ヒヤリとしました。わたし、咄嗟に上手く言い訳ができなくて、もしかしたら怪しまれてしまっているかもしれません」

彼女の話す内容を聞いた伊尾木は、思わず真顔になる。

依子は一体、誰と電話しているのだろう。聞こえてきたかぎりでは、彼女はこちらに対して何か後ろ暗いことがあるようだ。まるで隠れて他の男と密会しているかに思え、伊尾木は内心ひどく動揺する。

そのとき暗がりの中でスマートフォンを手に話していた依子が、ふとこちらを見た。彼女はハッとして目を見開き、電話の向こうの相手に向かって早口で言う。

「す、すみません。一旦切ります」

依子が電話を切り、二人のあいだに沈黙が満ちる。

彼女がぎこちない表情で「あの……」と何か言いかけるのと、伊尾木が口を開くのは、ほぼ同時だった。

「――ここ最近、依子の態度に不自然なものを感じていた。どことなく俺を避けているような、よそよそしい感じで……。最初はそれが結婚式をやりたくないせいかと考えていたんだが、どうやら違うみたいだな」

「………」

「もしかして、俺に隠れて会っている人間がいるのか？　そっちのほうに気持ちが向いているから、結婚も気が進まなくて、それで――」

すると彼女がびっくりした顔で、「違います」と答える。

「結婚を躊躇っているとか、そんなことはありません。慶一さん以外の人を好きだとか、そんなのもありえませんし」

「でも」

「今の電話の相手は、喜瀬さんです。慶一さんに内緒で会っていました」

依子はそう言ってスマートフォンのディスプレイをタップし、たった今通話していた相手の名前を表示する。

そこには〝喜瀬藍子〟と書かれていて、番号に見覚えがあった。伊尾木は驚き、つぶやいた。

「藍子さんと？　どうして……」

「実はわたし、結婚式のドレスの相談に乗ってもらっていて、お勧めのサロンに通っているんです」

——依子は説明した。

両家の顔合わせの際、喜瀬と連絡先を交換した依子は、その後何度か彼女から連絡をもらっていたらしい。世間話の中で「何か困っていることはないか」と問いかけられた依子は、こう答えたという。

「『ウェディングドレスについて悩んでます』って言ったんです。慶一さんは好きなものを選んでいいって言ってくれましたけど、わたしは自分のセンスに自信がなくて、ドレスや小物選びに不安がありました。それで喜瀬さんから電話をもらったときに相談したら、『じゃあ私と紀恵さんが行ってあげる』って言ってくれて」

伊尾木の母親の紀恵と喜瀬は、ウェディングドレス選びに参加できることに大喜びし、大いに盛り上がったらしい。

特に紀恵はしみじみとし、こう言ったのだそうだ。

『依子ちゃんのお母さまがご存命でいらしたら、私たちがこうしてドレス選びに参加するなんてできなかったわよね。姑《しゅうとめ》になる人間が二人もいるなんて、本当は疎ましく思われても仕方がないのに、わざわざここに呼んでくれてうれしいわ』

すると喜瀬が「依子ちゃんはせっかくきれいな体型で顔立ちも整っているんだから、当日は慶一が見惚《みと》れるくらいに仕上げましょう」と言い出し、最高級のブライダルエステを申し込んでくれたのだという。

伊尾木は驚き、つぶやいた。

「……そうだったのか」

「今日はエステのあとに『お茶でも飲みましょう』ってお誘いを受けて、帰りが遅くなってしまいました。でも慶一さんにはエステのことは内緒だったので、つい怪しい態度を取ってしまって……。本当にすみません」

一瞬脳裏をかすめた〝他に好きな男がいるのかもしれない〟という疑惑が払拭され、伊尾木は心から安堵する。だがまだ引っかかることがあり、依子に問いかけた。

「最近、俺に対してよそよそしかったのは何だったんだ？　じっとこっちを見てるかと思ったら、サッと目をそらしたり」

「そ、それは」

依子がかあっと顔を赤らめ、伊尾木はまじまじとそれを見つめる。

彼女が恥ずかしげに目を伏せ、熱くなった頬を押さえつつ小さく答えた。

「それは、あの……慶一さんを見ていたら、平静ではいられなくて」

「えっ？」

「プロポーズされてから、変なんです。とにかく慶一さんが恰好よく見えて、傍にいるとつい見惚れてしまって」

あまりにも思いがけない理由に、伊尾木は言葉を失くす。すると依子がますます顔を赤らめながら言った。

「ば、馬鹿みたいですよね。これからずっと一緒なのに、こんなふうに思うなんて……。そのうち落ち着くと思うので、どうか放っておいてください」

彼女の言葉の意味がじわじわと浸透してきて、伊尾木は面映ゆさを噛みしめる。

依子がよそよしくなった理由は自分のことが嫌いになったからではなく、むしろ好きだからこそだとわかり、いとおしさがこみ上げていた。

腕を伸ばした伊尾木は彼女の身体を引き寄せ、ささやいた。

「君がそんなふうに思っていたなんて、予想外だ。俺はてっきり、結婚式をしたくなくて気に病んでると思っていたのに」

「そ、そんなことありません。むしろドレス選びを通じて喜瀬さんやお義母さまと仲良くなれて、よかったと思っています」

「俺も依子が二人と仲良くしてくれて、うれしい。でもちょっと妬けるな」

彼女が「えっ？」と言って、顔を上げる。伊尾木はそれを見下ろして告げた。

「俺をそっちのけで、依子が楽しそうにしてるから」

それを聞いた依子は驚き、慌てて言った。

「慶一さんをそっちのけになんて、してません。二人がわたしに気を使ってくれただけで、そもそも慶一さんがいないと成り立たない関係ですから」

「冗談だ」

伊尾木は身を屈め、彼女に口づける。そして吐息が触れる距離で問いかけた。

「要するに君は俺のことが好きで、結婚式についても前向きに考えてる。それで合ってるか?」

「は、はい」

「よかった。安心したよ」

＊＊＊

両家の顔合わせから二ヵ月後の一月、依子は伊尾木と都内にある大聖堂で結婚式を挙げた。

ゴシック様式の華やかな外観と、ステンドグラスが美しい内装の大聖堂は壮麗で、まるで外国に来たかのように錯覚してしまう。

依子が身に着けたドレスは柔らかなジョーゼット素材のマーメイドラインのもので、豪奢《ごうしゃ》な刺繍《ししゅう》が施されたレースのトレーンがとても優雅だった。控室で初めてそれを見た伊尾木が、目を瞠って言った。

「……すごくきれいだ。君の身体の細さを、ドレスのタイトなラインが引き立てて」

その表情には素直な感嘆がにじんでいて、依子は「やはりこれを選んでよかった」と考える。

やがて式が始まり、パイプオルガンが響く厳かな雰囲気の中で父と共にバージンロードを歩いた依子は、祭壇の前に立つ伊尾木を見つめて胸が熱くなった。

(慶一さん、すごく素敵。……こういう恰好も似合うんだ)

背が高く均整が取れた体型の彼は、丈の長いジャケットと首元のクラヴァットが品のよさを引き立てていた。

参列しているのは互いの親族だけで、盛装した裕太も父や祖父母と共にいる。伊尾木のほうは両親や弟、車椅子の祖父などで、参列者の中でもっとも目を引くのはシンプルなドレスがかえって美しさを引き立てている喜瀬だった。

司祭が聖書を手に結婚にまつわる一節を読み上げ、誓いの言葉を交わす。そして指輪の交換をしたが、互いの左手の薬指に嵌めるときはドキドキした。

婚姻の届け出は今朝、式が始まる前に済ませていて、いよいよ結婚したのだという実感が湧く。誓いのキスをしたあと、結婚誓約書にサインをして式は終わった。

「おめでとう、依子」

「おめでとう、お姉ちゃん」

目を潤ませた父と裕太にそう言われ、依子は胸がいっぱいになりながら「ありがとう」と答える。

それから同じ敷地内にある貸し切りの一軒家で食事会となったが、ヨーロッパの貴族の邸宅を思わせる建物は、花と緑に溢れてとてもエレガントだった。

和やかな雰囲気で食事会を終えたあと、依子は伊尾木と都内のラグジュアリーホテルに移動する。新婚旅行に行けないため、彼がわざわざ用意してくれたものだ。

ロマンチックな雰囲気の寝室で、伊尾木が微笑んで言った。

「今日からは、依子を堂々と〝妻〟と呼べる。――やっと結婚できた」

「あ、……」

唇に触れるだけのキスをされ、間近で伊尾木の整った顔を見た依子は、じんわりと頬が熱くなるのを感じる。

こんなにも端整な容姿で、非の打ちどころのない伊尾木が、自分だけを見つめてくれている。それが言葉にできないほどの幸せに感じ、胸がいっぱいになった。

再び彼に唇を塞がれ、その舌が口腔に忍んできて、依子は息を乱す。口づけは次第に濃厚になり、ようやく解放されたときには目が潤んでいた。

伊尾木が自身の濡れた唇を舐めながら言った。

「抱きたい。いいか？」

「……っ、はい」

依子の身体をベッドに押し倒し、覆い被さってきた彼が、ふと笑う。

依子は不思議に思って呼びかけた。

「慶一さん、どうかしました……？」

「いや。好きな女の指に、自分が買った結婚指輪が嵌まってるのって、いいなと思って」

確かに依子の左手の薬指には、銀色に輝く指輪が嵌まっている。

伊尾木がその手をつかみ、まるで誓いのように指輪にキスをしてささやいた。

「必ず幸せにする。それを信じてもらえるように、今夜はとことん抱き尽くすから」

「あ……っ」

——その言葉どおり、彼の抱き方は熱烈だった。

依子の肌に余すところなく触れ、手と唇でじっくりと性感を高める。伊尾木の眼差しには熱があり、剥き出しの太ももに唇を這わせる彼と目が合ったときには、頭が煮えそうになった。

恋人同士になってから何度も抱き合ったはずなのに、チャペルで永遠の愛を誓ったあとは特別な感じがする。やがて彼が中に押し入ってきたとき、依子は強い圧迫感に声を上げた。

「……っ……慶一、さん……っ……」

「依子……」

わずかにひそめた眉や押し殺した声に色気があり、伊尾木の顔を見つめた依子は胸がきゅうっとする。

彼の重みを受け止め、その首に腕を回しながらささやいた。

「慶一さん、好き……っ」

「俺もだ。――愛してる」

律動に揺らされ、依子は身体の奥からこみ上げる甘い快感に声を上げる。

やがて伊尾木が最奥で達し、熱い飛沫《ひまつ》が放たれるのを感じながら、依子は眩暈がするような愉悦を味わった。

汗だくになり、息を乱した彼が、吐息交じりの声で言う。

「へばるのは早いぞ。俺はまだ、全然治まってない」

「えっ……？」

「俺が満足するまで、とことんつきあってくれるだろう？　――奥さん」

それから間もなく伊尾木の結婚が報道され、相手は〝一般女性〟とされた。

結婚相手がどのような人物なのかが話題となり、しばらく周囲が騒がしくなったが、依子が驚いたのは伊尾木が自分と一緒に堂々と外出するようになったことだ。

「慶一さん、なるべく外では並んで歩かないほうがいいんじゃないですか？　もし他の人たちに見られたら、何て思われるか……」

「俺は依子の存在を恥じる気はない。もう夫婦になってるんだし、一緒にいたって何も不思議じゃないだろ」

そう言って連れ立って歩いていたところ、案の定すぐにマスコミの人間が声をかけてきて、「お話を伺わせていただけませんか」と言う。

記者と一緒にいたカメラマンが写真を撮ろうと構えるのを見た伊尾木は、腕を伸ばしてそのレンズを押さえ、ニッコリ笑った。

「妻はテレビ関係者ではなく一般人ですので、どうか写真は撮らないようお願いします」

笑顔でありつつも抗えない圧を感じたらしいカメラマンが、「あ、はい」と言ってカメラのレンズを下げる。すると隣にいた記者が、興味津々の顔で問いかけてきた。

「伊尾木さん、奥さまとはどこで知り合われたんですか？　年齢は……」

「元々知人だった女性です。申し訳ありませんが、これ以上何かご質問がある場合は、局の広報にお問い合わせください」

彼は「本当にすみません」と苦笑して話を切り上げ、依子に視線を向けて言う。

「行こう」

「は、はい」

伊尾木に促され、記者たちに「失礼します」と頭を下げて歩き始めた依子は、彼らを気にしながらヒソヒソとささやいた。

「だ、大丈夫でしょうか。もしかして、離れたところから既に写真を撮られてるんじゃ……」

「たぶんな。でも、ああして釘を刺しておいたから、君の顔にはモザイクが入るはずだ。しばらくは記事が出るかもしれないけど、そのうち落ち着いてくるだろう」

人気アナウンサーと結婚したのだから、そういったことはある程度許容しなければならないのかもしれない。

伊尾木の言うとおり、それから〝伊尾木アナ、結婚相手の女性は以前からの知人〟〝会社員の一般女性〟などと報道され、彼と一緒に歩く写真がモザイク入りで雑誌に載ったりしたものの、半月もすれば落ち着いてきた。

依子は相変わらずフラワーショップの仕事を続けていたが、結婚して苗字が変わったため、相手が伊尾木だということがばれてしまった。

スタッフたちは皆、興奮した面持ちで言う。

「すごいねー、あの伊尾木アナと結婚なんて。家事代行サービスの仕事で知り合ったんでしょ？」

「母親があの喜瀬藍子ってびっくりだよね。やっぱりすごくきれいだった？」

「はい。美人なのに気さくな方で、とてもよくしていただいています」

最初こそ矢継ぎ早に質問されたものの、店長の島本が「あんまりしつこくしないの。掛井さんが困っちゃうでしょ」と言ってくれ、やがてそれも沈静化した。

今日も依子は入荷した花の水揚げをし、客のリクエストに応じて花束を作って、電話対応をする。

午後八時に閉店し、スタッフたちと外に出てシャッターを閉めていると、ふいに同僚の中村が「あ、お迎えが来たよ」と言った。

顔を上げると、スーツ姿の伊尾木が店に歩み寄ってくるのが見える。スタッフたちが「やっぱり恰好いいね」と色めき立つ中、彼は〝表〟の顔で微笑んで挨拶した。

「皆さん、お疲れさまです」

「お疲れさまでーす」

最近の伊尾木は、依子が遅番のときにこうして店まで迎えに来るようになった。マンションまでの徒歩五分の距離を、互いに今日あったことを話しながら歩くのが、とても楽しい。彼がこちらに視線を向け、笑って言った。

「依子、帰ろう」

「はい」

人の視線を気にせず、堂々と自分を〝妻〟として扱ってくれることに、依子は幸せを感じる。

人気アナウンサーの妻なのだから、もしかするとこの先普通の人とは違った苦労があるかもしれない。だが真っすぐに自分を想い、大切にしてくれる伊尾木となら、乗り越えていける気がしていた。

スタッフたちに「お疲れさまでした」と挨拶した依子は、彼と連れ立ってマンションまでの道のりを歩きつつ、問いかける。

「今日のお仕事はどうでした？」

「インタビューの撮影があった。国際ヴァイオリンコンクールの優勝者を招いて、いろいろ興味深い話を聞いたんだ。目の前で生演奏もしてくれて、素晴らしかったよ」

話題は帰宅してからの夕食の話になり、あれこれ意見を交わす。

「鶏もも肉があるから、それをフライパンで焼いて、一昨日作ったラタトゥイユを添えればいいんじゃないか？」

「じゃあわたしはベビーリーフとフレッシュチーズ、トマトでサラダを作ります。あとは塩豚とキャベツでスープを作って、バゲットを焼けば完成ですね」

すっかり料理をすることが板についた伊尾木は、今や頼もしい戦力だ。二人でキッチンに立てば、あっという間に料理が出来上がる。

依子は隣を歩く彼に腕を伸ばし、そっと手を繋ぐ。伊尾木がこちらを見下ろし、笑って言った。

「どうした？　普段は外で、こういうことをしないのに」

「慶一さんのことが好きだなーって思ったら、急に手を繋ぎたくなったんです」

すると彼は眉を上げ、前方に視線を戻しながらつぶやいた
「――そういう可愛いことを言ったら、あとで覚えてろよ」

こちらへの愛情を隠さない様子を目の当たりにした依子は、面映ゆさをおぼえる。

そしてこんな何気ない日々がこの先もずっと続いていくことを願いながら、伊尾木と繋ぎ合った手にそっと力を込めた。

あとがき

こんにちは、もしくは初めまして。西條六花《さいじょうりっか》と申します。マーマレード文庫さんで七冊目となるこの作品は、ダブルワークをする苦労人のヒロインと、イケメンニュースキャスターのお話となりました。

フラワーショップの仕事をする傍《かたわ》ら、家事代行サービスの仕事をするヒロインがとあるタワーマンションを訪れたところ、出てきたのは帽子とマスクで顔を隠した怪しい男で……というストーリーになっています。

ニュースキャスターの仕事はただ原稿を読むだけではなく、世の中で起こるさまざまな事象を深く掘り下げてインプットするのも必要だと知り、とてもストイックだなと思いました。

一方の家事代行サービスも、自分の持つスキルを活かせる反面、他人の家に入るというリスキーさがあり、またきれい好きの人間が人の汚部屋を掃除しなければならない葛藤もあって、大変ですね。

ヒーローの伊尾木にはこのジャンルらしい設定を詰め込んだので、思いのほかスパダリになりました。表では品行方正かつ知的で爽やか、でも素はちょっと尊大で不愛想というギャップを楽しんでいただけたらなと思います。

今回のイラストは、秕《しいな》ユウジさまにお願いいたしました。担当さんに「どんなイラストレーターさんが好みですか」と聞かれたときに挙げていた方の一人なので、とてもうれしいです。伊尾木は色気のあるイケメンに、依子は少し勝気な感じで、素敵に仕上げていただけました。

さて、長年に亘って〝エアコン買う買う詐欺〟だったわたしですが、この夏ついに購入しました……！　二十九畳用なのでとんでもないお値段がしましたが、外が灼熱の日でも快適に執筆でき、猫も暑さに溶けることなく満足しています。

しかも暖房の機能もあるので、秋のうすら寒い日にも使え、重宝しています。つくづく文明の利器って素晴らしいですね。

この本が出版されるのは、年の瀬の予定です。何かと忙しい時季ではありますが、皆さまのひとときの娯楽となれましたら幸いです。

またどこかでお会いできる日を願って。

西條六花

m a r m a l a d e b u n k o

離婚予定の旦那様が激甘豹変!?

ISBN978-4-596-31967-8

きまじめ旦那様の隠しきれない情欲溺愛

偽装結婚から甘い恋を始めます

西條六花

ワケありの偽装結婚の夫・匠を一途に想う栞は、愛し愛される本当の夫婦になりたいと彼への告白を決意。その矢先、匠から「離婚しよう」と宣言されて!?　恋愛初心者ながら、何とか匠を振り向かせようと策を練る栞だが、大人な対応でかわされて手ごたえなし。しかし、ある事件を境に彼が溺甘に豹変！　いきなりキスをされ、愛を注がれてしまい――!?

甘くてほろ苦い。キュンとする恋♥　マーマレード文庫　定価 本体600円 + 税

m a r m a l a d e b u n k o

「何があっても君を愛している」

ISBN978-4-596-74746-4

宿敵なはずが、彼の剥き出しの溺愛から離れられません

西條六花

バリスタとしてコーヒー店を営む七瀬は、交通事故で負った醜い傷のせいで恋愛を諦めていた。しかし店に通う公認会計士・拓人から熱く迫られ、頑なな心が解れていき、身体ごと甘く溺愛されて…。ところが彼との秘密の因縁を知り、別れを告げて姿を消すものの…そんな七瀬の行方を必死に捜し当てた拓人と再会。彼の一途な深愛と独占欲に抗えなくて!?

甘くてほろ苦い。キュンとする恋♥　マーマレード文庫　定価 本体630円 ＋税

marmaladebunko

「何が何でも、俺を好きにさせてやる」

ISBN978-4-596-01537-2

身体から始まる極上蜜愛
完璧御曹司に心まで堕とされました
西條六花

人違いをきっかけに知り合ったホテル王の御曹司・頼人に交際を申し込まれた燈子。世界が違いすぎると断るが、「俺を好きにさせてやる」と甘く迫られる。自分に似ているという女性が気になり、素直になれない燈子だが、彼は予想以上に溺甘で…!?　初心な燈子は戸惑いつつ、頼人が孕む色気と、蕩けるような溺愛に惹かれていくのを止められず…。

甘くてほろ苦い。キュンとする恋♥　マーマレード文庫　定価 本体600円 + 税

原・稿・大・募・集

マーマレード文庫では
大人の女性のための恋愛小説を募集しております。

優秀な作品は当社より文庫として刊行いたします。
また、将来性のある方には編集者が担当につき、個別に指導いたします。

募集作品
男女の恋愛が描かれたオリジナルロマンス小説(二次創作は不可)。
商業未発表であれば、同人誌・Web 上で発表済みの作品でも
応募可能です。

応募資格
年齢性別プロアマ問いません。

応募要項
・パソコンもしくはワープロ機器を使用した原稿に限ります。
・原稿はA4判の用紙を横にして、縦書きで40字×32行で130枚～150枚。
・用紙の1枚目に以下の項目を記入してください。
①作品名(ふりがな)/②作家名(ふりがな)/③本名(ふりがな)
④年齢職業/⑤連絡先(郵便番号・住所・電話番号)/⑥メールアドレス/⑦略歴(他紙応募歴等)/⑧サイトURL(なければ省略)
・用紙の2枚目に800字程度のあらすじを付けてください。
・プリントアウトした作品原稿には必ず通し番号を入れ、
右上をクリップなどで綴じてください。
・商業誌経験のある方は見本誌をお送りいただけるとわかりやすいです。

注意事項
・お送りいただいた原稿は返却いたしません。あらかじめご了承ください。
・応募方法は必ず印刷されたものをお送りください。
CD-Rなどのデータのみの応募はお断りいたします。
・採用された方のみ担当者よりご連絡いたします。選考経過・審査結果についてのお問い合わせには応じられませんのでご了承ください。

m a r m a l a d e b u n k o

応募先
〒100-0004 東京都千代田区大手町1-5-1 大手町ファーストスクエア イーストタワー19階
株式会社ハーパーコリンズ・ジャパン「マーマレード文庫作品募集」係

ご質問はこちらまで E-Mail / marmalade_label@harpercollins.co.jp

marmalade bunko
マーマレード文庫

塩対応家政婦な私が、ご主人様の不埒な求愛で堕とされました
～冷徹ニュースキャスターは危険な愛したがり～

2022年12月15日　第1刷発行　定価はカバーに表示してあります

著者　西條六花　©RIKKA SAIJO 2022
発行人　鈴木幸辰
発行所　株式会社ハーパーコリンズ・ジャパン
東京都千代田区大手町1-5-1
電話　03-6269-2883（営業）
0570-008091（読者サービス係）
印刷・製本　中央精版印刷株式会社

Printed in Japan ©K.K. HarperCollins Japan 2022
ISBN978-4-596-75745-6

乱丁・落丁の本が万一ございましたら、購入された書店名を明記のうえ、小社読者サービス係宛にお送りください。送料小社負担にてお取り替えいたします。但し、古書店で購入したものについてはお取り替えできません。なお、文書、デザイン等も含めた本書の一部あるいは全部を無断で複写複製することは禁じられています。
※この作品はフィクションであり、実在の人物・団体・事件等とは関係ありません。